John Updike

rowohlts monographien
begründet von
Kurt Kusenberg
herausgegeben von
Uwe Naumann

John Updike

Dargestellt von Volker Hage

Rowohlt Taschenbuch Verlag

Umschlagvorderseite: John Updike, 2002
Umschlagrückseite: Die deutsche Erstausgabe von John Updikes
Erzählungen «Die Tränen meines Vaters» von 2011
John Updike, 2006

Seite 3: John Updike, um 1995

Überarbeitete und ergänzte Neuausgabe

Veröffentlicht im Rowohlt Taschenbuch Verlag,
Reinbek bei Hamburg, September 2013
Copyright © 2007, 2013 by Rowohlt Verlag GmbH,
Reinbek bei Hamburg
Umschlaggestaltung any.way, Hamburg,
nach einem Entwurf von Ivar Bläsi
Redaktion Christof Blome
Redaktionsassistenz Katrin Finkemeier
Reihentypographie Daniel Sauthoff
Layout Gabriele Boekholt
Satz Proforma *und* Foundry Sans *PostScript,*
InDesign 7.0.4
Satz CPI – Clausen & Bosse, Leck
Druck und Bindung CPI – Ebner & Spiegel, Ulm
Printed in Germany
ISBN 978 3 499 50700 7

Inhalt

Prolog	7
Junge vom Land, Star in der Weltstadt	12
Musik der Wahrheit	24
Die Bibel der wilden Jahre	40
Wohin der Hase läuft	49
Erzähler, Lyriker, Essayist	67
Das Gottes- und das Schreibprogramm	82
Rabbit kommt (nicht) zur Ruhe	95
Abschiede, Rückblicke, Neuanfänge	111
Das ungestüme Alterswerk	123
Epilog	138
Anmerkungen	142
Zeittafel	146
Zeugnisse	148
Auswahlbibliographie	152
Namenregister	158
Über den Autor	160
Quellennachweis der Abbildungen	160

John Updike in den sechziger Jahren

Prolog

Wie reagiert ein weltberühmter amerikanischer Schriftsteller, wenn im Flugzeug direkt vor ihm jemand sitzt, der eines seiner Bücher liest? John Updike freute sich und gab sich zu erkennen.

So geschehen am 14. Oktober 2002. Damals flog ich über Paris nach Boston, um ihn, Updike, dort zu einem Gespräch zu treffen. Wir hatten den Termin schon Wochen vorher am Telefon vereinbart, einen Termin gleich nach seiner Rückkehr von einem längeren Golf-Urlaub in Frankreich. Ich fand es daher zwar überraschend, aber nicht völlig abwegig, daß er in Paris ausgerechnet diese Maschine Richtung USA bestieg. Ich sah ihn, wie er, gut erholt, schlank, mit weißen Haaren und seinem markanten Gesicht, den Gang entlangkam. Er nahm – das war allerdings schon ein großer Zufall – auf dem Sitz schräg hinter mir Platz. Er hatte mich offenbar weder gesehen noch erkannt. Unser letztes Treffen lag immerhin mehr als acht Jahre zurück. Es war deshalb nicht unbedingt zu erwarten, daß er mich auf Anhieb als jenen deutschen Journalisten wahrnahm, der am nächsten Tag mit ihm in Boston verabredet war. Wahrscheinlich hatte er während der Ferien ohnehin an anderes gedacht als an die Termine, die ihn nach seiner Rückkehr erwarteten.

Wir waren schon einige Stunden in der Luft und ich hatte mich längst wieder in Updikes wunderbaren Erzählband *Licks of Love* vertieft, als von hinten ein Zettel über meine Schulter geschoben wurde, auf dem mit Bleistift geschrieben stand:

> *I wanted you to know that I*
> *heartily approve of your reading*
> *matter. It cheered me up.*
> *John Updike*
> *Paris / Boston 10 / 14*

Kann man es schöner formulieren? *(Ich wollte Sie wissen lassen, daß ich mit dem Gegenstand Ihrer Lektüre herzlich einverstanden bin. Es hat mich aufgemuntert.)* Nun mußte ich mich natürlich zu erkennen geben, auch als einer, der das neueste Updike-Buch aus professionellen Gründen liest, um sich auf ein Interview vorzubereiten.

Das erste Mal traf ich John Updike im August 1983, damals lebte er schon seit mehr als einem Jahr in seinem großartigen Haus in Beverly Farms, eine Autostunde von Boston entfernt, direkt am Atlantik mit weitem Blick über die Massachusetts Bay. Er war als Hausherr ein wenig nervös, so als müßte er sich selbst noch an so viel Pracht und Aussicht gewöhnen. *Das ist nicht gerade ein bescheidenes Haus,* sagte er gleich am Anfang zu mir. *Ich bin etwas ängstlich angesichts einer so schönen Umgebung.*[1] Das war durchaus nicht kokett: Updike stammte aus armen Verhältnissen und staunte zeitlebens darüber, wie gut es ihm ergangen und mit seiner Karriere als Schriftsteller gelaufen war, eine Erfolgsgeschichte, die er zum einen Teil auf Glück, zum anderen – zu Recht – auf seinen enormen Fleiß zurückführte. *Ich war keiner von den jungen Amerikanern, die darangehen, sofort ein großartiges und langes Buch zu schreiben. Ich arbeitete mich langsam voran.*[2]

Mit Mitte Zwanzig hatte Updike beschlossen, in jedem Jahr mindestens ein Buch zu publizieren, nicht unbedingt jedesmal einen Roman, es konnte auch eine Sammlung mit Gedichten, Erzählungen oder Essays sein. Und er hielt sich daran. So entstand in fünf Jahrzehnten ein reiches und umfangreiches Werk, arrondiert von kommentierenden und theoretischen Schriften. Updike war eben nicht nur ein großartiger und höchst unterhaltsamer Erzähler, sondern auch ein kundiger Literaturtheoretiker, der über sich als Autor und sein eigenes Werk ebenso elegant zu schreiben verstand wie in unzähligen Buchkritiken (zumeist für den «New Yorker») über die Arbeiten seiner Kollegen.

Warum er, der wohlhabende und weltbekannte Schriftsteller, immer noch so fleißig sei, wurde er oft gefragt. *Angst vor Armut* war seine stehende Antwort.[3] Tatsächlich scheint sich bei ihm, dem Einzelkind aus einem Dorf in Pennsylvania, die Sorge der Eltern um das tägliche Brot tief eingegraben zu haben. Später hat er diese Prägung auch als positiv betrachtet. Es sei hilfreich für einen solchen Weg, *keine reichen Eltern zu haben.* Denn: *Wenn Geld da ist, gewöhnt man sich schnell daran.*[4]

Innerhalb von einem Vierteljahrhundert habe ich sechs ausführliche Gespräche mit Updike geführt, die er stets – wie so viele andere Interviews in seinem Leben – mit großer Geduld und wacher Formulierkraft absolvierte. Nach dem ersten Treffen bei ihm daheim gab es eine Begegnung während seiner Deutschland-Reise 1985. Die Interviews in den Jahren 1988, 1994, 2002 und 2006 fanden in New York oder Boston statt. Auf diesen Interviews basiert ein wesentlicher Teil der hier vorliegenden Biographie.

Auch auf seine Aufsätze greife ich im folgenden gern zurück, zumal Updike lieber damit zitiert wurde als mit noch so druckreif formulierten Äußerungen aus Gesprächen – er bevorzugte, wie er in der Einleitung zu einem seiner Essaybände schrieb, jene Worte, *die an der Schreibmaschine entstanden sind und nicht auf ein Tonband geplappert*[5]. Und obwohl er 1979 auf eine Umfrage der «New York Times Book Review» antwortete: *Ich bin mir nicht sicher, ob ich mich wirklich dazu entschlossen habe, Schriftsteller zu werden; in meinen Augen befinde ich mich noch immer im Versuchsstadium*[6], so hat er immer wieder liebevoll das Handwerk des Schriftstellers erläutert, *diese Multiplizierung und Streuung des Ich durch Veröffentlichung, das tägliche Ausscheiden von immer mehr Wörtern, die sich schließlich zu Büchern konkretisieren*[7].

Er hat sich dabei recht illusionslos und auch selbstkritisch geäußert: *Belletristik ist, wie das Leben, ein schmutziges Geschäft; Takt und guter Geschmack spielen eine geringe Rolle dabei. Kaum eine Geschichte geht in Druck, ohne daß ein lebendes Modell gekränkt und verletzt wird, ein Mensch, der sich nur allzu richtig wiedergegeben sieht und doch nicht richtig genug – ohne die dämpfende, beschwichtigende Komponente endlosen Verzeihens, das wir uns selbst entgegenbringen. Eltern, Ehefrauen, Kinder – je näher und lieber sie einem sind, desto gnadenloser werden sie vorgeführt. So hat meine Kunst, ebenso wie mein Glaube, eine schäbige Seite.*[8]

Das hängt nicht zuletzt damit zusammen, daß in Updikes Werk die Spielarten der menschlichen Sexualität und ihre Auswirkungen auf die Ehe und das Familienleben eine besonders wichtige Rolle einnehmen und er ganz offenbar ein – vor allem in den Erzählungen – weitgehend autobiographisch orientierter Autor war. *Sexualität ist – wie die Religion – ein Weg, um dem Schrecken der menschlichen Existenz gewachsen zu sein*, so hat er es einmal gesprächsweise formuliert. *Für junge Leute ist das heute alles eine Selbstverständlichkeit, es gehört für sie einfach dazu. In meiner Generation war das noch eine phantastische Sache. Es kam mir geradezu verblüffend vor, daß es so etwas wirklich geben sollte, daß zwei Menschen das miteinander tun konnten.*[9]

Niemand kann sich der Lebensgeschichte dieses Autors, vor allem seiner Kindheit, nähern, ohne auf Updikes eigene Erinnerungen zurückzugreifen, die er an unterschiedlichen Stellen veröffentlicht hat, mal ins Fiktionale verfremdet in vielen seiner Erzählungen, mal in einzelnen punktuellen Darstellungen, versteckt in Magazinbeiträgen oder in Vor- bzw. Nachworten zu seinen Büchern, und vor allem natürlich in seiner autobiographischen Essaysammlung *Self-Consciousness* (1989; *Selbst-Bewußtsein*, 1990) – geschrieben übrigens, wie es in der Einleitung heißt, um *mir mein Leben, meine Goldmine, meinen Hort an Erinnerungen* nicht von einem Biographen wegnehmen zu lassen.[10]

Natürlich ist nicht aus dem Blick zu verlieren, daß in jeder Selbstdarstellung, auch der eines John Updike, eine Portion Wunschbiographie mitschwingt; das Erzählen über sich bleibt – und sei es noch so sehr durch Daten und Fakten abgesichert, der Wahrheit noch so nah auf den Fersen – am Ende eben doch: Dichtung.

Mehr als zwanzig Romane hat er verfaßt und gut 200 Erzählungen veröffentlicht; hinzu kommen Kinderbücher, Gedicht- und Essaybände sowie ein Theaterstück. Allen erklärten Abstinenzabsichten zum Trotz kehrte er, und sei es im Rückblick auf die *verlotterten Sechziger*[11], immer wieder gern zu seinem Lebens- und Lieblingsthema zurück, so zuletzt noch in seinem Roman *Villages* (2004; deutsch: *Landleben*, 2006). Die Helden sind mit ihrem Autor gealtert, üben sich in *Abwehr der Senilität*[12], aber unvergessen sind die Jahre, als *jeder sündigte, sogar die Regierung*[13].

Den letzten Brief schrieb er mir am 6. April 2007 und kam dabei auch auf unsere kuriose Begegnung im Flugzeug knapp fünf Jahre zuvor zurück. Vage erinnere er sich daran, *daß wir einmal zusammen über den Atlantik flogen und Sie fleißig einige meiner Bücher lasen. Nicht, wie ich dachte, aus purem Lesevergnügen, sondern weil wir ein Interview verabredet hatten.*

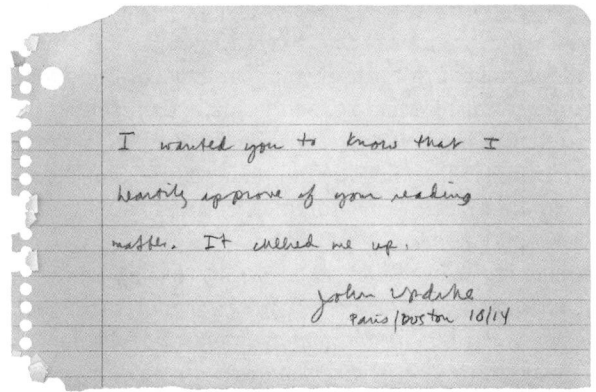

Junge vom Land,
Star in der Weltstadt

Seine ersten dreizehn Lebensjahre verbrachte John Updike in einer kleinen Stadt in Pennsylvania namens Shillington. Geboren wurde er am 18. März 1932 in Reading, der nächstgrößeren Industriestadt. Es existiert ein Foto, das ihn an einem Sonntag im September 1941, also im Alter von neun Jahren, vor dem Haus seiner Kindheit zeigt, aufgenommen von seiner Mutter Linda, einer geborenen Hoyer.

Updike hat dieses Bild und das, was es in ihm auslöst, Jahrzehnte später für das Magazin «Life» zu beschreiben versucht: *So oft ich mir das Foto ansehe, und sei es mit einem Vergrößerungsglas – es weckt in mir keine Erinnerung an den hier bewahrten Moment und kein Gefühl; nur der Platz ist mir sehr vertraut. Es war einer meiner allerliebsten Lieblingsplätze: die seitliche Veranda des Hauses Nummer 117 in der Philadelphia Avenue in Shillington, Pennsylvania. Das Haus gehörte meinen Großeltern mütterlicherseits; wegen der Zwänge der Depression lebten auch meine Eltern und ich dort.*

Nicht ohne Rührung schaut Updike auf das ein wenig stilisiert wirkende Foto: *Eine unheimliche Stille herrscht in dem Raum zwischen dem Gesicht des Jungen mit dem kleinen Lächeln und den vielen Sommersprossen und den Seiten des aufgeschlagenen Buches. Seine von der Sonne beschienenen Hände sehen aus, als wäre ihre Haltung eine Pose; und tatsächlich wird das Ganze durch eine gestellte Qualität formalisiert. Eine Qualität, die mich jetzt als stark und zart berührt. Meine Mutter hat [...] offenbar, aus schierer Hoffnung auf die Zukunft, sorgfältig das erste Bild von mir komponiert und aufgenommen, das sich für die Rückseite eines Buches eignen würde – der erblühende Schriftsteller, bei der Arbeit in seinem Freiluft-Studierzimmer.*[14]

Bald nach Ende des Zweiten Weltkriegs zog die Familie um, im Oktober 1945, *als ein wenig Geld in unsere Taschen gelangt war und Mut unsere Herzen erfaßt hatte*: Man wechselte aufs Land, in die Nähe von Plowville, rund 17 Kilometer von Shillington ent-

John Updike als Neunjähriger

fernt, und kaufte das alte Bauernhaus aus Sandstein zurück, in dem Updikes Mutter 1904 zur Welt gekommen war – eine *romanhafte Rückeroberung*, hat der Schriftsteller das später einmal genannt.[15] Der kleine John war (und blieb) ein Einzelkind; er lebte mit vier Erwachsenen zusammen, deren Aufmerksamkeit ihm sicher war: neben den Eltern waren das die Großeltern mütterlicherseits, John und Katherine Hoyer.

Die Mutter, eine leidenschaftliche Fotografin, war deutscher Abstammung, beherrschte allerdings nicht mehr das Pennsylvania-Deutsch, das ihre Eltern untereinander noch sprachen. Sie hatte literarische Ambitionen, schrieb *im vorderen Schlafzimmer an ihren unveröffentlichten Geschichten* und war, schreibt Updike in seinen Erinnerungen, *eine sogenannte Schönheit gewesen, von ihrem Vater, als er noch Geld hatte, fabelhaft gekleidet und im Besitz eines Magistergrads der Cornell-Universität; aber sie hatte nach nur wenigen Stunden des Unterrichtens den Raum der siebten Klasse für immer verlassen, machte sich diese Verweigerung zum Vorwurf und versteckte sich vor der Stadt, so schien es mir, in unserem Haus, unserem Garten.*[16]

Der Vater, Wesley Updike, arbeitete auf unsicherer Basis als Lehrer und nahm auch noch andere Tätigkeiten auf sich, um die Familie zu ernähren. Der Sohn erinnert sich wohlwollend an ihn: *er war mir gegenüber die Milde in Person, und das Bewußtsein von seiner finanziell mißlichen Lage war in unserem abgewetzten Haushalt deutlich spürbar.*[17] Mehr noch: auf den Jungen machten das Leben an der Grenze zur Armut und die Situation des Vaters nachhaltigen Eindruck – *niemals eine Gehaltserhöhung, niemals die Sicherheit einer festen Anstellung: die gesamte Lehrerschaft wurde im Mai entlassen und im September wieder eingestellt oder auch nicht. Die Sommerferien verbrachte er damit, auf dem Bau zu arbeiten oder für Carpenter Steel zu schuften. Als sein Bruchleiden so schlimm wurde, daß er nichts Schweres mehr heben konnte, nahm er einen Job als Aufseher bei einem Straßenbautrupp an. Ich träume oft, wie er, von der Gesellschaft ausgestoßen, bleich, in einem Faß steckend wie ein Witzblatt-Bankrotteur, die Rathaustreppen hinuntergetrieben wurde.*[18]

Es kam erschwerend hinzu: Der väterliche Familienname, Updike, war offenbar in Pennsylvania nicht nur äußerst selten, sondern wirkte dort geradezu als *komischer Name, der im Kino lautes Gelächter auslöste*[19]. Der Name war holländischer Herkunft, ältere Schreibweisen lauten: Op Dyck oder auch Opdyke. Der erste Vorfahr kam – laut Updikes eigenen Recherchen – noch *vor 1638 in Neu-Amsterdam an, in der Person des Gysbert op den Dyck*[20]. Wie ein Ahnenforscher hat der Schriftsteller die eigene Abstammung, die Generationenfolge in den USA rekonstruiert, zurück bis zu Lawrence Updick (1675–1748), der schon einmal einen John Updike (1708–1790) zeugte. Es folgten Peter (1756–1818), Aaron (1784–1790), wiederum Peter (1812–1866), Archibald (1838–1912), dann Hartley Updike, der Großvater (1860–1923), und Wesley, der Vater (1900–1972), 1932 schließlich kam er selbst auf die Welt.

Eine Tante aus dem Updike-Clan, eine Schwester des Vaters, wohnte mit ihrem Mann eine Autostunde von New York entfernt in einem großen Haus. Updike erinnert sich an seine Eindrücke von der Lebensform der wohlhabenden Verwandten: *Zu dieser Art von Reichtum wollte ich es auch einmal bringen.* Diese Tante Mary war es, die ihn als Knaben mit ins Museum of Modern Art nahm. Wenn sie zusammen ins Restaurant gingen, dann war das keine große Angelegenheit – anders als beim eigenen Vater, der stets *über die Preise auf der Speisekarte wetterte und bei einer Gelegenheit einmal aufsprang und meine Mutter und mich schutzlos am Tisch zurückließ.*[21]

Wenn der Sohn, der bisweilen kränkelte und mit Fieber im Bett lag, daheim allerdings zeichnen wollte, so wurde ihm das gern ermöglicht: *An Papier, Pappe, Stiften wurde nicht geknausert, meine «Kreativität» sollte sich entfalten können.*[22] Die Welt der Comics und Cartoons war für den Jungen ein Angebot, die ärmliche und ländliche Umgebung zu überschreiten – eine Alternativ- und Zukunftswelt, denn in ihr lag die Verlockung, selbst etwas

---

Über die Comics in der Lokalzeitung stieg ich in die etwas rassigere Welt der Comics-Bücher und der Ein-Bild-Cartoons auf, die normalerweise mit einer Bildunterschrift versehen waren und in «Collier's», «The Saturday Evening Post», «Esquire» und – bei weitem die beste und anregendste Zeitschrift – im «New Yorker» erschienen.

John Updike, «Updike und ich»

John Updike mit seinen Eltern, etwa 1940

gestalten, das Versprechen, sich einen eigenen Platz im Leben erobern zu können: *In meiner Kindheit und Jugend in den dreißiger und vierziger Jahren hatte der Cartoon-Zeichner einen Platz in der Kulturhierarchie inne, der nur wenig unterhalb dem des Filmstars oder des Erfinders lag. Walt Disney, Al Capp, Peter Arno – wer konnte es, nur mit Bleistift und Tusche, mit ihrer Berühmtheit aufnehmen?*²³

Updike ging auch nach dem Wegzug aus Shillington weiterhin dort zur Schule, insgesamt von 1936 bis 1950. Er erinnert sich, *ein folgsamer Schüler* gewesen zu sein, *allenfalls ein bißchen überspannt angesichts der Möglichkeiten dieser wohltätigen Institution namens Schule*. Er arbeitete – als Zeichner – bei der Schülerzeitung mit, die «Der kleine Shilling» hieß, und er verstand überhaupt nicht, *wie man gegen ein System rebellieren konnte, das so durch und durch wohlwollend war*. Mädchen und Jungen waren natürlich streng voneinander getrennt: *Der Pausenhof umzingelte das Gebäude wie ein Burggraben aus Asphalt, und die Demarkationslinien zwischen den Bereichen der Jungen und Mädchen verliefen entlang den breiten Zementwegen, die zum Vorder- und Hintereingang führten. Wenn man nur den Fußball wieder einfangen wollte, der zu den Mädchen hingeflogen war, verstieß man schon gegen die Regeln und verursachte ein aufstiebendes Gekreisch.*[24] Den High-School-Absolventen John Updike betrachtet der Autor rückblickend in seinen Erinnerungen ziemlich gnadenlos, nämlich als *dürr, schuppig, verkichert, schwatzhaft, wild drauf aus, bemerkt zu werden, gequält genug, um selber Quälgeist zu sein, rücksichtslos seine Cartoons und Poster, seine lauten Witze und pseudoraffinierten Gedichte der hilflosen Schule aufdrängend*[25].

Je älter er wurde, desto attraktiver wurde für ihn auch Reading, seine Geburtsstadt. Er kam leicht mit der Straßenbahn oder dem Oberleitungsbus dorthin. Die Mutter arbeitete in Reading als Verkäuferin in der Gardinenabteilung eines Kaufhauses. So wurde aus dem Kind, *das auf der trüben Farm in Pennsylvania – mit dem außerhalb befindlichen Klosett und dem Petroleumofen – zum Lichthimmel des Drucks aufschaute,* der stolze junge Mann, der sich als Bote in der Zeitungsredaktion des Readinger «Eagle» ein wenig Geld verdiente, *der Laufbursche mit den billigen Slippern und den aufgeschlagenen Manschetten*. Er besorgte Kaffee und Doughnuts für die Redakteure und *brachte Manuskriptseiten in den Linotyperaum [...], alberte mit den kumpelhaften Reportern herum und fand allein schon den Anblick der Satzvorlagen begeisternd*. Manchmal kam es vor, daß während des Andrucks noch Fehler entdeckt wurden: *der Lokalredakteur gab mir dann einen eilig bekritzelten Zettel, den ich – «lauf, Junge!» – in die donnernden Hallen hinunterbrachte, wo die Druckerpressen ihre großen gebogenen Platten rotieren ließen und graue Zeitungsflüsse flossen.*[26] Drei Sommer lang war er dort emsig am Laufen, im Alter von 18 bis 20 – mit 21 war Updike schon verheiratet.

Noch während der Schulzeit hatte Updike einige Gedichte – fast ausschließlich ohne Honorar – in kleinen Zeitschriften veröffentlicht (das erste Ende 1948) und auch das erste Mal, im letzten Schuljahr, eine richtige Freundin gehabt: Nora. In seinen Erinnerungen schildert er sie als *so süß und taktvoll und hingebend, wie man es sich nur wünschen konnte; aus der relativen Sicht unserer Jugend und Jungfräulichkeit tat sie für mich alles, was eine Frau für einen Mann tut*[27].

Nach der Schule entwickelte sich bei ihm alles recht schnell. Er wollte raus aus der ländlichen Atmosphäre, hinaus in die Welt. Mit einem Stipendium ging er im Herbst 1950 an die Harvard University, noch unsicher, ob er lieber Kunst oder Literatur studieren sollte. Gleich im ersten Semester heuerte er bei der satirischen Studentenzeitschrift «Harvard Lampoon» an: *Für einen Möchtegern-Zeichner und «Humoristen» wie mich war das eine befruchtende Atmosphäre.*[28] Vom Wunsch, ein Karikaturist zu werden, sei es dann kein großer Sprung zu den ersten humoresken Gedichten gewesen, zu dem, was in den USA «light verse» genannt wird: *Diese gereimten Verse sind witzig und amüsant, sie sollen den Leser zum Lachen bringen. Ich habe eine Menge davon geschrieben.* Er kommt immer wieder gern auf die Phase des allmählichen Übergangs vom Zeichner zum Autor zu sprechen. Irgendwann während der Studienjahre sei ihm klargeworden, daß er tatsächlich eine Begabung zum Schreiben habe – *und daß ich gescheiter war, als ich gedacht hatte.* In einer kleinen Stadt könne man nicht richtig einschätzen, ob man eher klug sei oder nicht. Aber eine Ahnung von seinem Schreibtalent muß er doch gehabt haben: *Wenn ich ernsthaft Zeichner hätte werden wollen, dann wäre ich auf eine Kunstakademie gegangen und nicht nach Harvard.*[29]

In Harvard lernte er seine erste Frau kennen, Mary Pennington, eine zwei Jahre ältere Kunststudentin. Geheiratet wurde im Mai 1953, und im April 1955 kam das erste von insgesamt vier gemeinsamen Kindern zur Welt: Tochter Elizabeth. In der Zwischenzeit war die Entscheidung weitgehend gefallen: *Als ich 1954 das College abschloß, war ich zu fünfundachtzig Prozent entschlossen,*

Schriftsteller zu werden. Diese Abwendung von den ursprünglichen Plänen begründete Updike Jahrzehnte später in einem Begleittext zu der Auswahl seiner «Lampoon»-Cartoons, die die auf Comics spezialisierte Kunstzeitschrift «Hogan's Alley» publizierte, mit den launigen Worten, zum Schreiben brauche man nicht so viele Ideen: *Man läuft auch nicht so leicht Gefahr, die Tinte zu verwischen. Außerdem kann man ja gewissermaßen mit Worten weiterhin Cartoons zeichnen, denn soweit mein Schreibstil Frische und Lebendigkeit hat, ist das sicherlich zu einem Teil dem Cartoon-Zeichner, der ich nicht geworden bin, zu verdanken.*[30]

Der neue Plan war klar umrissen: Im Juni 1954 gab er sich fünf Jahre Zeit, *um ein Schriftsteller zu werden, und das hieß nicht mehr, als etwas veröffentlicht zu haben*[31]. Und noch im selben Monat ging dieser Traum schon auf optimale Weise in Erfüllung: Ausgerechnet das Magazin «The New Yorker» akzeptierte nicht nur ein Gedicht, sondern, wichtiger noch, auch eine Erzählung von ihm. *Ich wollte im «New Yorker» veröffentlicht werden – man könnte sagen, daß ich als*

Von Updike gezeichnete Karikatur aus «The Harvard Lampoon»

angehender Schriftsteller eigentlich nichts anderes wollte. Mein eng definierter Wunsch und meine Treue machten sich bezahlt: Gleich in dem Sommer, als ich das College abschloß, nahm die Zeitschrift ein Gedicht und eine Geschichte von mir an.

Updike erinnert sich gut an diese Situation: *In jenem bedeutungsschweren Sommer lebten meine junge Frau und ich von unseren Eltern, bevor wir uns nach England aufmachten, um dort ein mit Hil-*

fe eines Stipendiums finanziertes Jahr zu verbringen. Er weiß sogar noch, wo er von der Zusage zum Abdruck der Erzählung (*Friends from Philadelphia*) erfuhr: *in Pennsylvania, auf der Farm meiner Eltern, wo meine Mutter und ich so oft zum Briefkasten getrottet waren, um immer wieder Ablehnungsbriefe herauszufischen. Doch in diesem Fall war es keine Ablehnung, dazu war der Umschlag zu klein. Während ich im hochsommerlichen rosa Staub des steinigen Wegs an einem Feld mit wogenden Gräsern stand und die gute Nachricht las, hatte ich das Gefühl, als Schriftsteller geboren zu sein.*[32]

Die kleine Debütgeschichte *Freunde aus Philadelphia*, die Updike 1959 auch in seinen ersten Erzählungsband (*The Same Door*) und 2003 in den Sammelband mit seinen frühen Erzählungen (*The Early Stories 1953–1975*) aufnahm, erzählt von einem Halbwüchsigen, der mit Vornamen John heißt und in ärmlichen Verhältnissen lebt. Er soll für seine Mutter eine Flasche Wein besorgen, denn es werden Gäste erwartet, eben jene vornehmen Freunde aus Philadelphia, von denen der Titel spricht. Da der neue Verkäufer im Spirituosenladen den Jungen nicht kennt, verkauft er ihm nichts – und so bittet der Verzweifelte die Eltern von Thelma um Hilfe, jenem Mädchen, das er anhimmelt und gern zur Freundin hätte (was der Erzähler durch sparsame Hinweise deutlich macht). Thelmas Vater fährt mit den beiden Jugendlichen los, kauft eine Flasche Wein und gibt auf besorgte Nachfrage des Jungen auch noch angebliches Wechselgeld heraus. Am Ende wird klar, daß der Mann, der besser verdient als der studierte Vater des Helden, ohne Aufhebens davon zu machen einen besonders guten Wein ausgesucht hat, der weitaus mehr gekostet hat als das, was dem Jungen von daheim mitgegeben worden war.

Die im Juni 1954 entstandene Geschichte war nicht die erste, die Updike geschrieben und dem Magazin eingereicht hatte (die stammte aus dem Dezember 1953 und wurde später veröffentlicht), doch daß sie akzeptiert wurde, ist nachvollziehbar: Sie ist spannend erzählt und hat schon jenen Updike-Unterton, der jenseits des Erzählten noch anderes an- und mitklingen läßt.

Im selben Sommer 1954 zog das Ehepaar Updike nach England, um ein Studienjahr in Oxford an der Ruskin School of Drawing and Fine Art zu verbringen. Dort ereignete sich ein weiteres Wunder: Der Schriftsteller E. B. White und seine Frau Katherine, beide in der Redaktion des «New Yorker» tätig, kamen zu Besuch und machten Updike das überraschende Angebot, selbst Redakteur des Magazins zu werden.

Das bedeutete: Umzug in die Weltmetropole. Es kam noch ein glücklicher Umstand hinzu. Eine lästige, aber ungefährliche und nicht ansteckende Schuppenflechte (Psoriasis), die er von seiner Mutter geerbt hatte und die bei ihm im Alter von sechs Jahren erstmals aufgetreten war, bewahrte Updike im Sommer 1955 vor dem Militärdienst. Übrigens ist Updike überzeugt davon, daß es eigentlich diese Hautkrankheit war, die *aus einem sehr durchschnittlichen kleinen Jungen [...] einen fruchtbaren, anpassungsfähigen, hinlänglich skrupellosen Schriftsteller* gemacht hat.[33]

Er war 23 Jahre alt, Familienvater und entschlossen, *in New York City allein von meinem Verstand und meinem Schreiben zu leben.* «The New Yorker» stellte ihn zunächst als Reporter für die schon damals legendäre Rubrik «Talk of the Town» ein. Er bezog im August 1955 sein Büro im 17. Stock, und zu seiner Ausrüstung gehörten, wie er sich stolz erinnert, *ein Stahlschreibtisch, offizielles Briefpapier und ein Telefon*[34]. Gleich die erste Geschichte war ein solcher Erfolg, daß ihn der Chefredakteur telefonisch vom Reporter zum «Talk»-Autor beförderte – Updike brauchte nun seine Texte sonst niemandem mehr vorzulegen, und sie wurden zumeist so gedruckt, wie er sie geschrieben hatte. *Für einen Bauernjungen aus Pennsylvania, der ich im Grunde bin, war der Sprung in diese Stadt ein Riesenerfolg,* so hat er selbst es im Gespräch formuliert.[35]

Doch Updike, der nebenbei auch eine große Zahl von Gedichten und Erzählungen im «New Yorker» veröffentlichen konnte, hatte nach anderthalb Jahren das Gefühl, nicht mehr voranzukommen. Inzwischen war – im Januar 1957 – Sohn David geboren worden. Im März desselben Jahres entschloß er sich, New York und dem «New Yorker» den Rücken zu kehren, die Wohnung in der West Thirteenth Street zu verlassen und fortan als freier Schriftsteller zu arbeiten. Seine Frau hatte sich in der Stadt ohnehin nie recht wohl gefühlt und nur wenige Freunde dort gefunden. *Der Chefredakteur, ein sehr wohlwollender Mann,* so erinnert sich Updike, *war ein wenig überrascht. Aber im Grunde war ich ihnen durch meinen Weggang nützlicher, als wenn ich geblieben wäre: Ich konnte viel mehr Geschichten für sie schreiben. Daß ich wußte, sie würden mich wieder aufnehmen, machte es leichter für mich. Ich mußte keine Brücken hinter mir abbrechen.*[36]

Er hat auch später den Entschluß nie bereut. Gelegentliche Besuche in Manhattan haben ihn immer aufs neue in dem Eindruck bestärkt: *Das Leben in New York beansprucht so viel Energie, daß für sonst nichts mehr Energie übrigbleibt.*[37] Das war wohl auch der tiefere Grund, den einzigen festen Job zu quittieren, den er je gehabt hat: *In New York sitzt einem ständig jemand auf dem Pelz. Sogar die tiefsten eigenen Gefühle kommen einem dort irgendwie albern, naiv vor. Und man schreibt doch gerade aus diesen dummen Gefühlen heraus. Das ist es, was in die Romane eingeht. In der Stadt wäre ich auch so eine supergescheite Person geworden.*[38] Updike hatte die richtige Intuition: Er brauchte Abstand, Ruhe, um seine Rolle zu finden – natürlich auch, um sich von anderen zu unterscheiden und aus sich ein unverkennbares literarisches Markenzeichen zu formen.

Im April 1957 zog die Familie nach Ipswich im Bundesstaat Massachusetts. Warum gerade dorthin? *Wir waren einmal ein paar Tage in Ipswich gewesen und mochten den phantastischen*

John Updike am Strand von Ipswich, 1962

Strand und die Atmosphäre der Stadt – sie lag nicht weit von Boston entfernt, war aber eigentlich kein Vorort, sondern eine kleine Stadt, gerade groß genug, daß man sich darin verstecken und Freunde finden konnte. Wir wollten von New York weg, und mir schwebte vor, daß wir auch den gesamten Einzugsbereich von New York einschließlich ganz Connecticut hinter uns lassen, aber doch nahe genug bleiben sollten, damit ich bei Bedarf leicht dorthin gelangen konnte. Der am nördlichen Ufer des Mystic River gelegene Logan Airport ist, wie sich erwiesen hat, ein weiterer guter Grund, an der North Shore zu leben.[39]

Musik der Wahrheit

John Updike beabsichtigte, von Neuengland aus das Metropolen-Magazin «The New Yorker» weiterhin und regelmäßig mit Erzählungen zu beliefern. Er hoffte, sich und die Familie auf diese Weise ernähren zu können. An das Schreiben von Romanen war allenfalls aus Gründen des Ehrgeizes gedacht, im Hinblick auf höhere Weihen und eine größere Reputation, keineswegs des Geldes wegen. Der junge Autor sah die umfangreicheren Projekte zunächst als eine Art von Hobby an, denen er sich ohne jeden Zwang und mit aller Geduld widmen konnte – und mit höchsten Ansprüchen an sich selbst. So schloß er noch 1957 das rund 600 Seiten umfassende Manuskript eines Romans ab (Arbeitstitel: «Home») und entschied sich dann, das Werk nicht zu veröffentlichen.

Obwohl es rückblickend leichter wirken dürfte, als es tatsächlich war, ist es mir immer gelungen, meine mir selbst auferlegte Quote von sechs Kurzgeschichten an den «New Yorker» zu verkaufen. Der entscheidende Anruf kam immer montags, gegen Mittag, wenn mein Lektor das Urteil des Cheflektors, William Shawn, der die erzählerischen Beiträge übers Wochenende las, an mich weitergab. [...] Mit Magenflattern und Herzpochen ging ich montags, wenn es klingelte, ans Telefon, aber alles ging gut.[40]

Auch seine Geschichte *Ace ist Trumpf*, die Updike im Dezember 1953 noch als Harvard-Student geschrieben hatte, die der Lehrer des Creative-Writing-Kurses gelobt hatte und die gleichwohl vom «New Yorker» 1954 abgelehnt worden war, erfuhr später das Wohlwollen des Cheflektors – im April 1955 wurde sie mit leichten Veränderungen publiziert, *ziemlich weit hinten im Heft*[41]. Es ist tatsächlich eine bemerkenswert reife Erzählung über ein junges Ehepaar, die schon alles enthält, was diesen Schriftsteller auszeichnet: Lebensnähe, Anschaulichkeit und eine perfekte Ökonomie in der Dialog- und Handlungsführung. Es finden sich auch jene Details aus dem Alltagsleben, die Updikes waches Bewußtsein für Zeitsignale offenbaren: TV-Werbespots, Bierdosen und das Autoradio, das einige Sekunden braucht, *bis die Röhren warm wurden.* Und natürlich der unerbittliche Blick für die Szenen einer Ehe: Der junge Familienvater Fred, genannt Ace, kommt früher nach Hause, weil er seinen Job verloren hat, und hofft inständig, seine Frau Evey *würde nicht zu sehr in Fahrt geraten, denn wenn sie in Fahrt war, fragte er sich immer, ob er sie überhaupt hätte heiraten sollen, und wenn er sich das fragte, kam er in Bedrängnis [...]. Hoffentlich würde Evey nichts sagen, das sich nicht vergessen ließ. Frauen schienen einfach nicht zu begreifen, daß es manches gibt, das man zwar weiß, aber nicht sagen sollte.*[42] Das Ende bleibt offen: Zwar tobt die junge Frau noch weitaus heftiger, als der Ehemann befürchtet hat, doch läßt sie sich mit einem Tanz zur Musik aus dem Radio vorerst wieder beschwichtigen.

Woher diese Sicherheit im Erzählen? Rückblickend hat sich Updike selbst gefragt, was er eigentlich in diesen ersten Jahren über das Schreiben von Geschichten wußte. Seine Antwort: *Herzlich wenig. In den Schullesebüchern standen alte Kamellen von Poe und O. Henry, Mark Twain und Bret Harte, die nur selten ästhetische Begeisterung auslösten [...]. Am College las unser Dozent Beispiele von den modernen Meistern vor, beginnend bei Tschechow. Ich erinnere mich daran, wie der gesetzte, Tweed-berockte Theodore Morrison uns «The Light of the World» von Hemingway vorlas als Beispiel für eine gelungene Durchbrechung der einheitlichen Perspektive. Kenneth Kempton war es, der am wenigsten tweedhafte Dozent, der uns sozusagen ein Licht aufsteckte, indem er uns aus dem gerade erschienenen Band von J. D. Salinger vorlas – «Just Before the War with the*

Ernest Hemingway, gegen Ende der vierziger Jahre

Eskimos» begeisterte mich besonders – und eine spritzige Erzählung von V. S. Pritchett mit dem Titel «Passing the Ball». Wir konnten keine Einigung darüber erzielen, was die Geschichten genau bedeuteten, auch Kempton wußte es nicht – und das war eine Erleuchtung für mich. Eine gute Geschichte durfte zweideutig sein, um so der Ambiguität der Welt besser gerecht zu werden.[43]

Neben Texten von Pritchett, Salinger, Tschechow und vor allem Hemingway, der ihm zeigte, *wie viel Spannung, wie viel Reichtum ein uneingebundener Dialog vermitteln kann und wie viel Poesie in den einfachsten Substantiven und Prädikaten steckt*[44], waren es auch die Werke von Kafka und Joyce, von Donald Barthelme, John Cheever, John O'Hara, Mary McCarthy, Vladimir Nabokov und James Thurber, die den jungen Erzähler Updike wesentlich beeinflußten. Beeindrucken tat ihn natürlich auch jener Scheck, der einige Tage nach dem Abdruck der ersten Geschichte vom «New Yorker» geschickt worden war. Updike glaubt Jahrzehnte später noch zu wissen, welche Summe darauf geschrieben stand, nämlich 550 Dollar. *Das kam mir 1954, als dreitausend Dollar ein ganz anständiges Jahreseinkommen waren, wie eine enorme Summe vor.*[45]

Am Ende dieses für die Etablierung des Schriftstellers Updike so wichtigen Jahrzehnts lagen drei Bücher von ihm vor: Anfang 1958 war als Debüt eine Sammlung mit Gedichten erschienen (*The Carpentered Hen and Other Tame Creatures*), im Jahr darauf *The Same Door*, der erste Band mit Erzählungen, und endlich auch ein – im Umfang noch bescheidener – Roman: *The Poorhouse Fair* (als erste deutsche Updike-Übersetzung 1961 unter dem Titel *Das Fest am Abend* veröffentlicht). Dieser Roman, verfaßt 1957 *mit kindlicher Zuversicht,* was die Zukunft angeht (die Geschichte spielt an einem imaginären Augusttag des Jahres 1977), wurde freundlich aufgenommen, mehr aber auch nicht. Er schildert den in einer Steinigung mündenden Aufstand in einem Armenhaus in New Jersey gegen den gestrengen Präfekten – eine *späte Version der Steinigung des heiligen Stephanus* hat Updike selbst ihn in einem Nachwort genannt.[46]

Der Autor im Alter von Ende Zwanzig las viel (bevorzugt die Schriften des Dänen Kierkegaard und des Schweizer Theologen Karl Barth), nebenbei zog er mit der Familie innerhalb von Ipswich um, von der Essex Road in ein eigenes Haus aus dem 17. Jahrhundert in der East Street – und er wurde zum dritten Mal Vater: Im Mai 1959 kam Sohn Michael zur Welt. Gleichzeitig allerdings gab es wachsende Spannungen zwischen den Eheleuten Updike, die zwar neuen Stoff für Geschichten abgaben, was die Angelegenheit aber nicht leichter machte: *Als fiktive Gestalt wurde meine Frau gesprächiger und reizvoller, während sich in unserer Ehe Enttäuschungen und Spannungen anstauten.*[47]

Dennoch sind ihm die fünfziger Jahre, anders als die beiden Jahrzehnte zuvor (für Updike waren das die *zwei elenden, heimgesuchten Jahrzehnte*) in glücklicher Erinnerung: *ich trat als mittelloser High-School-Abgänger in sie ein und verließ sie als Hausbesitzer, Vater von drei Kindern und Autor von drei Büchern, während ich das vierte, «Hasenherz», gerade beim Verlag einreiche, als das Jahrzehnt zu Ende ging.*[48] Und so hat der Schriftsteller diesem Jahrzehnt auch danach in der Rückschau immer wieder Reverenz erwiesen, indem er versuchte, sich genau zu erinnern und vor allem auszuloten, was die spätere gesellschaftliche, politische und technische Entwicklung von dieser Lebensphase unterschied, wie hier in einem 1994 für die Zeitschrift «Newsweek» verfaßten Artikel: *Wir haben so vieles, was sie nicht hatten! Computer und Videogeräte, die Antibabypille und Aids, das Recht auf Abtreibung und Pornographie, Einkaufsstraßen und Mikrowellenherde. Damals führten die meisten Hauptstraßen noch durch die Zentren der Städte, und im Süden waren nach Rassen getrennte Schulen und allgemein die Rassentrennung die Regel. Gleiche Rechte für die Schwarzen war das wichtigste innenpolitische Thema [...]. In den Städten konnte man auf den meisten Straßen unbesorgt nachts um zwei entlanggehen, und was Familienwerte anging – meine Güte, hatten wir Familienwerte! Die Scheidungsraten gingen zurück, ebenso das Heiratsalter. Ehefrauen setzten so viele neue Amerikaner in die Welt, daß die Geburtenrate den höchsten Punkt des Jahrhunderts erreichte.*[49]

Auch die Familie Updike wuchs noch weiter: Im Dezember 1960 wurde als viertes Kind Tochter Miranda geboren. Ein neues Jahrzehnt hatte begonnen und versprach, ebenso erfreulich zu werden wie das davor. Noch 1960 erschien der zweite Roman:

James Caan und Anjanette Corner in der «Hasenherz»-Verfilmung, 1970

Rabbit, Run. Um sich ganz darauf konzentrieren zu können, hatte der Autor sich von der Guggenheim Foundation ein Stipendium für die Zeit der Niederschrift erbeten, das ihm auch gewährt worden war. Das Manuskript, ursprünglich als Novelle geplant (wie auch der dann dritte Roman *Der Zentaur*, mit dem der Text eigentlich gemeinsam in einem Buch hätte erscheinen sollen), hatte sich zu einem veritablen Epos ausgewachsen, erzählt durchweg im Präsens, was seinerzeit – laut Updike – *ziemlich kühn* wirkte. Als zwanzig Jahre später noch einmal eine Sonderausgabe gedruckt wurde, ging der Schöpfer in der Einleitung auf Distanz zu *Rabbit, Run,* und zwar aus einem profanen Grund: Es störte ihn mittlerweile, wie beharrlich dieser Roman immer wieder als sein bester hingestellt wurde – und daß Unbekannte ihm des öfteren auf der Straße im Vorbeigehen ein «Lauf, Rabbit, lauf» zuriefen (ähnlich wie einst die Redakteure des «Eagle» in Reading dem Büroboten). Er hege gegen das Buch einen gewissen Groll, schrieb er, *den wir gegen die Lieblinge von anderen Leuten hegen*[50].

Und doch: Der Roman, der 1962 unter dem ebenfalls recht eingängigen Titel *Hasenherz* in deutscher Sprache erschien (übersetzt von Maria Carlsson, die über Jahrzehnte hinweg die meisten und besten Updike-Übertragungen bewerkstelligen sollte), markiert einen ersten Höhepunkt im Werk dieses Autors – und vollzog thematisch die Hinwendung zu Updikes aktuellen Lebensumständen, weg von der bis dahin vordringlichen Beschreibung einer ländlichen Kindheit, Jugend und der ersten Schritte ins Erwachsenen- und Familienleben. Eheprobleme, wie sie in der Erzählung *Ace ist Trumpf* nur angedeutet und dann wieder geglättet worden waren, entfalten in diesem Roman nun eine ganz neue Intensität.

So ist die Beschreibung eines Ausbruchsversuchs des 26 Jahre alten Helden Harry Angstrom, der an der Schule ein Basketballstar war, nun als Verkäufer arbeitet und seine junge schwangere Frau Janice verläßt (die beiden haben schon gemeinsam einen kleinen Sohn, Nelson), auch in der Darstellung der Sexualität recht radikal – gemessen an den Möglichkeiten der Zeit. Updike erinnert rückblickend gern daran, wie wenig *in den fünfziger und sechziger Jahren möglich war*, und betont: *Es ist heute so leicht.*[51]

Was bis dahin pornographischen Werken an Deutlichkeit (und entsprechendem Vokabular) vorbehalten gewesen war, hatte im ersten Drittel des 20. Jahrhunderts allmählich Einzug auch in die seriöse Literatur gehalten: mit dem Roman «Ulysses» (1922) des irischen Schriftstellers James Joyce, der eine Frau in einem kapitellangen inneren Monolog handfeste sexuelle Phantasien und Wünsche formulieren läßt, mit dem Buch «Lady Chatterley» (1928), in dem der Brite D. H. Lawrence den Ehebruch recht unverblümt beschreibt, und nicht zuletzt mit «Wendekreis des Krebses» (1934) des Amerikaners Henry Miller, einem unerschrockenen Lobgesang auf die kompromißlos ausgelebte Sexualität. Doch konnten alle diese Bücher zunächst nur in kleinen Auflagen und Privatdrucken erscheinen: Der lange Kampf um ihre Freigabe in den Vereinigten Staaten ist ein aufschlußreiches Kapitel der Kulturgeschichte.

Elf Jahre nach der in Paris publizierten Erstausgabe des «Ulysses» rang sich ein US-Richter zu der Überzeugung durch, daß der Autor nicht auf «aphrodisische Wirkung» gesetzt habe – das

Henry Miller in den sechziger Jahren

Werk also Kunst, nicht Pornographie sei. Die beiden Romane von Miller und Lawrence wurden erst Anfang der sechziger Jahre freigegeben. Was Vladimir Nabokovs legendäre «Lolita» (1955) angeht, so verzichtete der Autor – wie er den fiktiven Herausgeber der angeblichen Memoiren vorweg feststellen läßt – bewußt auf jedes obszöne Wort, und doch war das Verhältnis eines erwachsenen Mannes zu einer Minderjährigen skandalträchtig genug, um fünf US-Verlage vor dem Ankauf des 1954 abgeschlossenen Manuskripts zurückschrecken zu lassen; erst drei Jahre nach der 1955 (wieder einmal) in Paris publizierten gab es auch eine amerikanische Ausgabe.

Updike war also in diesen Dingen kein literarischer Revolutionär und hat das auch nie von sich behauptet. Und doch war er unter den jungen US-Autoren damals einer, der sich weit vorwagte – so weit, daß auch sein 1960 beim New Yorker Verlag Knopf publizierter Roman zunächst nur in abgemilderter Form erscheinen konnte: mit Billigung des Autors, die dann allerdings an ihre Grenze stieß, als der englische Verleger auch diese, um einige erotische Stellen gekürzte Fassung nicht übernehmen wollte (Updike wechselte daraufhin, ohne weitere Kompromisse zuzulassen, vom britischen Verlag Gollancz zu André Deutsch). Er selbst hat Vorbilder für die realistische Darstellung von Sexualität benannt, Bücher und Autoren, die für ihn eine wichtige Rolle spielten: Joyce war dabei, auch D. H. Lawrence, außerdem Autoren wie Edmund Wilson («Memoirs of Hecate County»), Erskine Caldwell («God's Little Acre») oder James M. Cain. «Henry Miller fehlt auf dieser Liste», schreibt dazu Updikes amerikanischer Biograph Pritchard, «und tatsächlich hat Updike von ihm als Schriftsteller nie viel gehalten.» [52]

Erst Jahre später sollte *Rabbit, Run* so publiziert werden, wie der Roman ursprünglich geschrieben worden war.[53] Schaut man sich die Szene genauer an, in der die erste sexuelle Begegnung Harrys mit seiner Geliebten Ruth geschildert wird, so zeigt sich, daß Updike hier noch jedes obszöne Wort meidet – diese in allen Einzelheiten beschriebene Begegnung ist vielmehr in ein poetisches, fast religiöses Licht getaucht:

Und als nehme ihr seine Erbitterung die Kraft, sich aufrecht zu halten, wankt sie, wälzt sich mit ihm herum, und er liegt wieder über ihr; ihre Brust klebt an der seinen, ihr Atem geht keuchend. Plötzlich springen ihre Schenkel weit auf und umklammern seine Flanken und springen abermals auf, so weit, daß er erschrickt und meint, sie will, unmöglich, sie will ihr Inneres nach außen kehren; ihre Muskeln und Lippen und Knochen unter ihm pressen sich gegen seinen Leib wie ein neuartiges anatomisches System, wie das eines fremden Lebewesens. Sie wird durchsichtig für ihn, er sieht ihr Herz.[54] Gleich darauf wird – typisch für Updike – mit einem nüchternen, geradezu ernüchternden Realismus der Blick auf die inneren Vorgänge gelenkt, auf das, was sich im Kopf des Mannes abspielt: *Er sieht ihr ins Gesicht und meint, in den Schatten darin einen traurigen Ausdruck des Verzeihens zu lesen, als wüßte sie, daß er im Augenblick der Hingabe, als er an den Wurzeln der Liebe war, sie verraten hat, indem er der Hoffnungslosigkeit anheimgefallen ist. Die Natur führt einen wie eine Mutter, und sobald sie ihren kleinen Tribut bekommt, läßt sie einen allein, mit leeren Händen. Der Schweiß auf seiner Haut wird kalt an der Luft; er zieht die Decke herauf, die zu Ruths Füßen liegt.*

Und als am nächsten Morgen, einem Sonntag, ganz in der Nähe die Kirchenglocken läuten, betet der Sünder Angstrom im Bett still für sich: *Hilf mir, lieber Gott. Vergib mir. Führe mich auf den rechten Weg. Beschütze Ruth, Janice, Nelson, meine Mutter und meinen Vater […] und das ungeborene Baby.* Auch die komischen Seiten der Liebesszene werden nicht ausgelassen, etwa wenn Ruth ihren Liebhaber ansieht und sagt: *In dieser blödsinnigen Unterwäsche siehst du wirklich wie 'ne Art Kaninchen aus, Rabbit. Ich habe gedacht, nur kleine Jungs trügen solche Unterhosen.*[55]

Der deutsche Romantitel *Hasenherz* ist schon deswegen gut gewählt, weil er auf diesen Spitznamen *Rabbit* anspielt, den Harry wegen seiner physischen Beweglichkeit und seinem Hakenschlagen im Leben sowie einer nervösen Zuckung unter der Nase trägt. Gleichzeitig schwingt in dem Titel aber auch der Angsthase mit, der Harry ist, was Updike mit dem Namen Angstrom andeutet: Der Romanheld drückt sich vor jeder Verantwortung. So kehrt er zwar nach der Geburt seines zweiten Kindes, einer Tochter, noch einmal zu seiner Frau Janice zurück, läßt sie dann aber in desolatem Zustand allein (mit der Absicht, Ruth aufzusuchen) und bewirkt so indirekt, daß der Säugling in der Badewanne ertrinkt; offen bleibt, ob es sich dabei um die verzweifelte Absicht oder ein Versehen der alkoholisierten Mutter handelt.

Dramatischer kann ein Roman kaum enden: Kurz nachdem sich die Katastrophe ereignet hat, teilt Ruth Harry mit, daß sie ebenfalls von ihm schwanger ist – und das Kind abtreiben werde, wenn er sich nicht von Janice trennen und sich für sie entscheiden könne, was sie ihm freilich nicht zutraut. Sie fragt ihn auf den letzten Seiten: «*Willst du dich von ihr scheiden lassen? Nein. Du bist liebend gern auch mit ihr verheiratet. Du wärst liebend gern mit allen verheiratet. Warum kannst du dich nicht entscheiden,* was *du tun willst?*» Seine Antwort verrät ihn und zeigt ihn in seiner ganzen Erbärmlichkeit: «*Kann ich mich nicht entscheiden? Ich weiß nicht.*»[56] Kurz darauf, ganz am Schluß des Romans, ist er wieder auf der Flucht, vor sich selbst, vor den anderen, vor den Zumutungen der Welt. Die letzten Worte lauten: *Er läuft. Ah, er läuft!*

Wie es weitergeht mit Harry Angstrom, ließ Updike offen. Erst zehn Jahre nach Erscheinen des Romans sollte er den *Rabbit*-Faden wiederaufnehmen, was 1960 keineswegs geplant war. Bis dahin aber war erst noch ein nicht nur für den Schriftsteller Updike turbulentes Jahrzehnt zu durchschreiten, das für ihn persönlich schon bald eine Überraschung mit weitreichenden Konsequenzen parat hielt. Nach der Geburt des vierten Kindes hatte er erwartet, daß seine Frau ihn mehr in die häuslichen Pflichten einbinden würde, doch das Gegenteil geschah: Sie riet ihm vielmehr, sich außerhalb der eigenen vier Wände ein Arbeitsstudio zu mieten. Ob das alles ganz so harmonisch ablief, wie von Updike behauptet, sei einmal dahingestellt. So jedenfalls erinnert er sich: *Ich war überrascht, als meine Frau mir zu verstehen gab, sie sei es leid, mir jeden Tag Mittagessen zu machen, und meine ständige Anwesenheit sei wirklich nicht vonnöten. So mietete ich mir ein Zimmer vier Straßenecken entfernt.* War der Roman *Hasenherz* in einem Eckzimmer des eigenen Hauses entstanden, mit Blick auf eine Kreuzung, eine alte Ulme und *den Querbalken eines besonders komplizierten Telegraphenmastes*[57], so schrieb Updike nun in einem kleinen Büro in der South Main Street, direkt über einem Restaurant.

Ausgezogen aber war der Familienvater noch nicht, er übernachtete weiterhin daheim, und an schönen Sommertagen wurde es zum Ritual, daß seine Frau ihn mit den Kindern abholte, wenn er mehrere Stunden für sich und seine Arbeit gehabt hatte: *Meine Badehose hatten sie mitgebracht, ich zog mich im Auto um, während meine Frau die sieben Kilometer bis zum Strand fuhr.* Dort traf man auf die Freunde aus Ipswich und *ging auf Besuchstour am Strand wie auf einer Dorfstraße.*[58] Noch viele Jahre später berichtete Updike voller Begeisterung über diese Strandtage: *Ich bewegte mich als Anhängsel meiner Frau in ihrem gesellschaftlichen Kreis und sah mich einer sonnenbadenden Hausfrau nach der anderen gegenüber, wie sie, umgeben von ihren Strandutensilien, träge ausgestreckt im Sand lag.*[59]

Auch die eigene Frau betrachtete er dabei mit großem Wohlgefallen: *In jener Zeit, als der Bikini das Feld noch nicht erobert hatte, trug sie einteilige schwarze Badeanzüge, in denen sie hinreißend aussah, anmutig und reif.*[60] Das ist deshalb interessant, weil der Schriftsteller gerade zu jener Zeit in einer der Erzählungen, die er weiterhin für den «New Yorker» schrieb, das äußerst unfreundliche Porträt einer Ehefrau gezeichnet hatte, die sich ihrem Mann beharrlich entzieht: Als die Geschichte *Wife-wooing* (*Werben um die eigene Frau*) 1961 im Magazin erschien, hatte das empörte Leserbriefe zur Folge. *Der eigenen Frau den Hof machen, kostet zehnmal so viel Kraft wie die Eroberung eines unwissenden Mädchens*, stellt der Ich-Erzähler und Ehemann hier fest, und nachdem alle Bemühungen nichts geholfen haben, nachdem seine Frau mit dem Buch in der Hand neben ihm am Abend sanft entschlummert ist, erscheint sie ihm am nächsten Tag – zu seiner erklärten Erleichterung – fast häßlich: *Das fahle Frühstückslicht des Montags macht dich bleich und fleckig, nimmt deiner Dicke das Gefällige, verwandelt den Bademantel in eine schlaffe, schmuddelige Röhre, die trostlos an dir herabhängt und ein teigiges Dekolleté enthüllt.*[61]

Eines hatte Updike mit dem Ergebnis der Rücksichtslosigkeit gegen sich und andere früh begriffen: Freundlich und zuvorkommend, umgänglich und höflich konnte er im Alltag sein, aber nicht am Schreibtisch – oder wie er es viele Jahre später deutlich formulieren sollte: *Ich bin bereit, so gut es geht, im Wohnzimmer eines Fremden gute Manieren zu zeigen, doch unser Leseleben ist viel zu kurz, als daß ein Schriftsteller höflich sein dürfte.*[62] Daran hat er mit einer Beharrlichkeit festgehalten, die man auch Radikalität nennen könnte.

Das Motiv des Ehebruchs mitsamt den Schuldgefühlen, auch der Scheidung als möglicher Folge, drängte Mitte der sechziger Jahre in seinem Schreiben vehement in den Vordergrund. Im Dezember 1964 veröffentlichte Updike im «New Yorker» eine Geschichte mit dem harmlosen Titel *The Music School*, die zwei

John Updike in seinem Arbeitszimmer, 1962

Jahre später auch als Titelgeschichte eines weiteren Bandes mit Erzählungen erschien (und 1971 unter dem Titel *Die Musikschule* im zweiten deutschen Updike-Geschichtenband *Gesammelte Erzählungen*). Erstmals legt der Autor sich hier ein regelrechtes Alter ego zu, einen Ich-Erzähler mit dem vielsagenden Namen Alfred Schweigen. Der arbeitet an einem Roman oder plant ihn doch zumindest, in dem ein Computerexperte Ehebruch begeht.

Und nicht nur das: *In dem Roman, den ich nicht schrieb, wollte ich, daß der Held ein Computerprogrammierer wäre, weil ich mir keine poetischere und romantischere Beschäftigung denken konnte, und mein Held mußte äußerst romantisch sein, denn er sollte an Ehebruch sterben. Ich meine, an dem Wissen sterben, daß Ehebruch möglich war; die Möglichkeit zerbrach ihn.* Der Mann, der sich das alles durch den Kopf gehen läßt, während er in der Musikschule darauf wartet, daß die Klavierstunde seiner kleinen Tochter zu Ende geht, wird diesen Roman wahrscheinlich nie schreiben. Auch Updike selbst hat nie einen geschrieben, in dem ein Mensch an der puren Möglichkeit des Ehebruchs seelisch zerbricht und stirbt – allerdings ist es doch verblüffend, wieviel an Details aus diesem fiktiven Romanplan später in seinem Œuvre zum Tragen kommen sollte, etwa die Berufswelt rund um den Computer, eines damals noch neuartigen Geräts, das Updike offenbar schon zu einer Zeit fasziniert hat, als dessen zukünftige Bedeutung noch kaum abzusehen war.

Jedenfalls ist sein Alter ego namens Schweigen stolz auf den Einfall für das geplante oder erträumte Werk, der Romanheld sei in der Lage, Idiome zu erfinden, *mit deren Hilfe in den Maschinen Probleme gespeichert werden könnten, die dann, unter binomischem Anschlag, als Musik der Wahrheit wieder herauskommen würden.* Diese Musik der Wahrheit gegen das Schweigen zu setzen, genau das unterscheidet den realen Schriftsteller Updike von dem wartenden Mann in dieser Geschichte, die damit endet, daß die Tochter dem Vater nach dem Unterricht entgegenkommt und ihr frohes Lächeln ihm das Herz zerreißt. Ganz am Schluß heißt es: *und ich sterbe (mir scheint, daß ich sterbe) zu ihren Füßen.*

Die Ursache für soviel Dramatik (auch wenn sie durch den Klammereinschub in ein realistisches Maß gesetzt wird) ist einfach: Der Mann hat ein schlechtes Gewissen, und der Grund wird an einer Stelle wie nebenbei erwähnt, als von seiner Frau die Rede ist: *Sie geht zu einem Psychiater, weil ich ihr untreu bin. Ich begreife den Zusammenhang nicht, aber es scheint einen zu geben.* Oder wenn er von seinen Freunden spricht: *Wir alle sind Pilger und wanken der Scheidung entgegen. Manche gelangen nur bis zur gegenseitigen Beichte, die zu einer Sucht wird und beide Partner auslaugt. Andere gehen weiter, steigern sich in heftige Streitigkeiten und Schlägereien hinein und erliegen der sexuellen Erregung. Einige wenige erreichen den Psychiater. Und nur sehr wenige schaffen den Gang zum Anwalt.*[63]

Der Scheidung entgegen – diese Überlegung gab es auch im Hause Updike zu jener Zeit. In einem Roman spielte er die möglichen Konsequenzen für sich durch, so hat er selbst es in einem Gespräch rund zwanzig Jahre später dargestellt: *Anfang der sechziger Jahre stand ich kurz vor der Scheidung, doch wir blieben zusammen. Die Kinder waren noch klein. So schrieb ich einen Roman über einen Mann, der geschieden war und mit seiner neuen Frau zum erstenmal die Mutter besucht. Das war meine Art, damit fertig zu werden. Schreiben ist eine Ausflucht, eine Möglichkeit, das eigene Leben zu variieren. Vieles von dem, was man sich ausdenkt, könnte eines Tages passieren.*[64]

Der Roman *Of the Farm* erschien 1965 (*Auf der Farm*, 1969) und ist für Updike gewissermaßen der Probelauf eines im realen Leben noch nicht gewagten Schrittes: Joey Robinson, der Ich-Erzähler, besucht mit seiner zweiten Frau, die er erst vor kurzem geheiratet hat, und mit deren Sohn zum ersten Mal die eigene Mutter auf ihrem ländlichen Anwesen. Es wird ein Tanz auf dem Vulkan. Die junge Frau gibt sich alle Mühe, die Situation zu bestehen, kommt aber mit der Sturheit, Selbstgefälligkeit und Verlogenheit ihrer Schwiegermutter nicht zurecht. Und auch der Held hat heftig mit der alten Dame zu kämpfen, zumal es ihm schwerfällt zu glauben, jemand, und sei es die eigene Mutter, könne die wunderbare Peggy, seine neue Frau, nicht auf Anhieb lieben.

Dennoch kommen dem Mann zwischendrin auch Zweifel, ob die Scheidung und alles, was darauf gefolgt ist, auch die richtige Entscheidung gewesen sei, ob er also Peggy habe heiraten müssen. Aus einem distanzierten Blickwinkel heraus überlegt er sich: *Möglicherweise hätte ich sie als Mätresse behalten können, solange ihre Schönheit währte, ohne mich von Joan zu trennen. Aber ich wurde die Beute eifersüchtiger Wahnvorstellungen und meinte, die Welt sei voll entschlossener Männer, die sie, sähen sie nur ihre langen Beine, wenn sie sich mit halb entblößten Schenkeln aus einem Taxi windet, packen und für immer davonschleppen würden.*[65]

An dieser Stelle muß ein weiterer Roman schon einmal kurz erwähnt werden, den Updike selbst zu den ersten Versuchen rechnet, *in denen ich über den Ehebruch in den Vororten schrieb*[66]: der Roman *Marry Me*. Er lag 1964 in einer ersten Fassung vor, eine Probe (das zweite Kapitel) wurde im Februar 1968 im «New Yorker» vorabgedruckt, aber der Autor hielt den Roman vorerst zurück. Die erste Niederschrift jedenfalls entstand genau zwischen zwei anderen Werken, nämlich noch vor jenem anrüh-

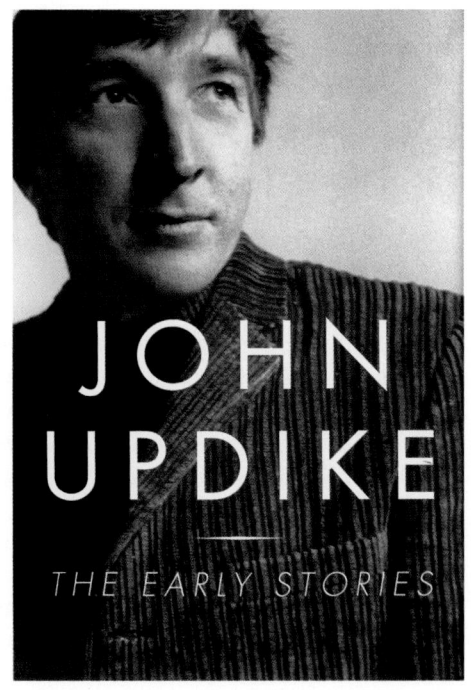

Umschlag des 2003 erschienenen Bandes «The Early Stories», der die von 1953 bis 1975 veröffentlichten Erzählungen enthält. Das Foto zeigt John Updike im Jahr 1968

renden kleinen Roman *Auf der Farm*, der zugleich die Doppelaufnahme einer schwierigen Mutter-Sohn-Beziehung ist (es gibt den Helden auf Besuch bei seiner Mutter und den Stiefsohn, der Peggy zur Mutter hat) – und bald nach Updikes drittem Roman *The Centaur*, der 1963 in den USA erschien (in deutscher Übersetzung 1966: *Der Zentaur*) und ein mythologisch überhöhtes, dabei doch anschaulich-handgreifliches Porträt eines gequälten Lehrers bietet, der deutlich Updikes Vater nachempfunden ist.

Die sechziger Jahre waren die Zeit der Entfaltung und einer wachsenden Anerkennung als Schriftsteller. So wurde Updike 1964, im Alter von 32 Jahren, das bis dahin jüngste Mitglied des National Institute of Art and Letters, und noch im selben Jahr schickte man ihn im Rahmen eines internationalen Austauschprogramms als Repräsentant seines Landes auf Reisen durch mehrere Länder des Ostblocks: Er besuchte Armenien, Georgien und die Ukraine (damals allesamt noch Teil der Sowjetunion), die Tschechoslowakei, Bulgarien und Rumänien. Kurzum: Updike, der sich entschlossen hatte, privat keine Wagnisse einzugehen und bei der Familie zu bleiben, war dabei, ein arriviertes Dasein zu führen, genau das zu praktizieren, was ihm in düsteren New Yorker Tagen vorgeschwebt hatte – von der Provinz aus die Welt zu erobern.

Und er war durchaus zufrieden damit: *Als ich Mitte Dreißig war, hatte ich es durch Fleiß und Waghalsigkeit zu einem Lebensstil gebracht, den man als Edelboheme bezeichnen könnte: ein hübsches Haus (breite Dielenbretter, große Kamine) mit ziemlich bescheidener Einrichtung […], die Wände vollgehängt mit halbabstrakten Gemälden von der Hand der Dame des Hauses und Bücherregale aus Fichtenholz, die der Hausherr zusammengeklopft hatte, ein struppiger Hintergarten […], vier staubige, aber gesunde Kinder […], zwei Autos, eines ein Kabrio, und zum Dinner jede Menge Reisaufläufe und kalifornischen Wein. Für mich bedeutete das Wohlstand.*[67]

Das war 1967. Updike arbeitete damals an einem neuen Roman, dessen Erfolg alles in den Schatten stellen sollte, was ihm bisher widerfahren war. Den Grundstein hatte er, ohne es zu ahnen, schon viel früher gelegt, nämlich im Frühjahr 1963 mit einer Erzählung, der Geschichte einer Trennung. Der Titel: *Couples*.

Darin heißt es: *Manchmal erinnere ich mich an die Paar-Welt und sehe sie sehnsüchtig voraus als einen Garten, aus dem ich vertrieben wurde, in den ich aber bestimmt wieder zurückkehren werde.*[68]

Die Erzählung unterscheidet sich durch einen äußeren Umstand von den vielen anderen aus jener Zeit, die sich mit dem Thema Ehebruch, Scheidung und Lebenswirrwarr beschäftigen: Sie wurde von der Redaktion in New York überraschend abgelehnt. Der Autor fand auch bald eine Erklärung dafür: Er hatte zuviel hineingepackt, sowohl an Personen als auch an Verwicklungen. Er hatte hier den Stoff für einen Roman, *den ich schließlich, drei Jahre später, auch schrieb, wobei ich auch den Namen der Stadt, sonst aber überraschend wenig andere Namen wiederverwendete*[69]. Der Arbeitstitel dieses Romans lautete «Couples and Houses and Days», doch am Ende blieb es bei dem kürzeren Titel jener vom «New Yorker» abgelehnten Erzählung.

Die Bibel der wilden Jahre

Der 1968 in den USA erschienene Roman *Couples* ist das mit Abstand erfolgreichste Buch Updikes. Zwar sind davor und danach Bücher von ihm erschienen, die bessere Kritiken bekamen, aber keines, das sich besser verkauft hätte. *Die sechziger Jahre waren, beruflich gesehen, eine Blütezeit für mich,* so erinnerte er sich später gern an diese Zeit zurück, *gegen Ende des Jahrzehnts brachte ein Roman mir eine Million Dollar ein.*[70] In der Tat, ein Millionen- und ein Welterfolg: Als der Roman ein Jahr später unter dem Titel *Ehepaare* in deutscher Übersetzung erschien, hatte das Werk in seinem Heimatland schon millionenfach Verbreitung gefunden. Auch international, auch in Deutschland, verdankt der Autor diesem Buch seinen Durchbruch, seine Berühmtheit – und seinen Ruf als Meister der detaillierten Darstellung erotischer Szenen.

Es dürfte nicht verfehlt sein, in Ipswich das Vorbild für Tarbox, den Schauplatz des Romans, und in den Bewohnern die leibhaftigen Modelle für die Romanfiguren zu erblicken, die Gruppe der Freunde, *junge Erwachsene in Ipswich, die ihre Kinder mehr oder weniger geistesabwesend großzogen und ihren Berufen in ziemlich der gleichen Weise nachgingen,* wie es Updike später in seinen Memoiren beschrieben hat.[71] Selbst seine Schriftstellerei sei hier nicht als etwas Außergewöhnliches aufgefallen. Es war jene Zeit des wachsenden Wohlstands, der neuen Unbeschwertheit, die Zeit der Partys, des Twist und der Pille – oder wie es im Roman heißt: *Sie hatten gelitten unter den starren Ehen und konventionellen Ausflüchten ihrer Eltern, und nun schwebte ihnen die vollkommene Aufrichtigkeit vor, die aus dem unbefangenen, freimütigen Umgang mit anderen Paaren gedeihen sollte.*[72]

Das ist das Zentrum dieses Romans: die paarübergreifende Praktizierung von Sexualität. Der Ehebruch, der offene oder geheime Betrug des Partners war als literarisches Sujet nichts Neues, doch trieb Updike es auf die Spitze und führte das Fremdgehen als Ritual einer neuen Mittelschicht vor, als inszenierten Liebesreigen bis hin zum Partnertausch. Der Roman *Ehepaare* ist gewissermaßen die Bibel des modernen Ehebruchs – bei seinem Erscheinen eine ungeheure Provokation, heute ein großartiges literarisches Dokument. Denn Updike beschwört einen inzwischen längst historisch gewordenen Augenblick, eine – in seinen eigenen nachträglichen Worten – *verschwommen glückliche Zwischen-Zeit, nachdem Pille und Spirale den Sex von der Angst vor Schwangerschaft befreit hatten und bevor Aids ihn an die Kette der Todesfurcht legte*[73]. Updikes Kunst besteht darin, die ehebrecherischen Liebesakte (und auch solche innerhalb der Ehe) sehr konkret zu schildern, ohne sie dem pornographischen Blick auszusetzen. Das gelingt, indem er Sexualität als ein Körper, Geist und Seele gleichermaßen ergreifendes Phänomen darstellt – zugleich aber auch als ein menschliches Ritual unter vielen anderen des familiären und beruflichen Alltags.

«Ehepaare», 1969

Updike läßt sich Zeit, er demonstriert anfangs eine geradezu herausfordernde epische Ruhe. Das Ehepaar Hannema (im Original schreibt sich der Name *Hanema*, wie es zu dieser Veränderung gekommen ist, weiß heute auch die Übersetzerin Carlsson nicht mehr zu sagen), der Bauunternehmer Piet und seine Frau Angela, kehrt zu Beginn des Romans von einer Party zurück, die zu Ehren eines jüngst in die Stadt gezogenen Paars gegeben worden ist. Während die beiden zu Bett gehen, unterhalten sie sich über die zwei neuen Bewohner der Stadt, Ken Whitman und seine Frau Foxy, über die eigenen Kinder, über sich selbst und das

John Updike 1966 mit seiner ersten Frau Mary und den gemeinsamen Kindern Michael, David, Elizabeth und Miranda

unzuverlässig gewordene Eheglück – die unbeholfene sexuelle Annäherung des Familienvaters wird nicht nur an diesem Abend zu keinem Erfolg führen.

Die Ehen der sich regelmäßig auf Partys treffenden Paare aus Tarbox sind zumeist noch in den fünfziger Jahren, zur Zeit der Eisenhower-Präsidentschaft geschlossen worden (*Jede Heirat ist eine Spekulation mit ungewissem Ausgang*[74]), nun ist die Kennedy-Ära angebrochen – und bald auch schon wieder jäh vorbei: Der Roman spielt weitgehend im Jahr 1963, und der Präsidentenmord setzt am Ende einen melancholischen Akzent. Die Platten von Chubby Checker («Let's Twist Again») und Connie Francis werden aufgelegt, und beim Tanz üben sich manche darin, neue heimliche Paarungen anzuzetteln. Es ist eine saturierte Welt: *Die Männer hatten mit dem Karrieremachen aufgehört und die Frauen mit dem Kinderkriegen. Alkohol und Liebe waren übriggeblieben.*[75]

Und doch ist der Roman kein Plädoyer für puren Hedonismus, für den leichtfertigen Lebensstil einer nur der schnellen Lusterfüllung zugeneigten Gruppe. Die Abgründe zeigen sich schnell, Updikes Figuren werden von Ängsten, von Jenseitsgedanken und nächtlichen Panikattacken gequält. Das zeigt sich besonders in der Figur des so überaus sensiblen Bauspezialisten Piet, dem Updike nicht nur besonderes Augenmerk widmet, sondern der ganz deutlich auch den Bauherrn des Romans selbst ein Stück weit repräsentieren darf. *Dein Beruf ist es zu bauen,* liest Piet in einem der vielen Liebesbriefe seiner neuen Geliebten, eben jener Foxy, die frisch nach Tarbox gekommen ist und sich ihm, wie andere Ehefrauen im Ort zuvor, schnell und entschieden angeboten hat, *und Du hast wunderbar gebaut in mir, mein einziger Geliebter.*[76]

Doch Piet fühlt das eigene Fundament immer wieder wanken, seit 1949 seine Eltern bei einem Autounfall ums Leben gekommen sind: *Er betete, und seine Gedanken schnellten von der unbegreiflichen Tatsache, daß seine Eltern tot waren, zu der unbegreiflichen Gewißheit, daß er selber würde sterben müssen – eine Gewißheit, die das weiße, wohlgefügte Holz und die leuchtenden hohen Fenster neben ihm leichtfertig zu leugnen schienen.*[77] Besonders des Nachts im Ehebett liegt er schlaflos und wie erschlagen angesichts der Einsicht, wie brüchig alles um ihn herum ist: *Er fühlte einen feinen Luftzug auf seinem Gesicht, der aus irgendeinem Winkel seines behaglichen Hauses kommen mußte: ein Doppelfenster, das nicht richtig eingehakt war, ein Riß in der Isolierfolie unterm Dach, ein Mörder, der gerade eine Tür aufbrach.* Doch selbst am hellichten Tag gibt es für ihn keine Geborgenheit, keine Sicherheit: *Als Piet in die baumlose Hope Street hinaustrat, traf ihn das Sommerlicht so hart, daß seine Augen schmerzten und die Welt vor ihnen verschwamm. Fernsehantennen, angeschlagene Bordsteine: wohin er auch blickte, alles mißraten – Freundschaften, Ehen, Gespräche, alles verkümmert, alles vereitelt, weil es zu früh zum Licht drängte.*[78]

Updike beherrschte diese kleinen, kaum merklichen Bewußtseinssprünge, diese Gedankenfluchten, meisterhaft. Er blickt in die Herzen seiner Figuren als allwissender Erzähler, der allerdings aus der Perspektive unterschiedlicher Personen kommentiert und beobachtet. Nur ganz selten spricht er als objektiver Chronist, etwa wenn er im ersten von fünf Kapiteln über die Stadt sagt: *Ein goldener Hahn drehte sich hoch über Tarbox.*[79] Daß der Kirchturm der Kongregationskirche so früh ins Bild rückt, hat einerseits mit der Bedeutung zu tun, die das Gotteshaus in einer ländlichen amerikanischen Kleinstadt bis heute hat, auch mit der Sehnsucht der Romanfiguren (und des Autors) nach Transzendenz, andererseits ist dabei deutlich ein blasphemisch-ironischer Unterton zu hören: Der Turm, auf dessen Spitze sich der Hahn dreht, ist hier zugleich ein Phallussymbol, ein frivoler Fingerzeig auf das, was sich unten in der Stadt abspielt (das englische Wort für Hahn, «cock», bedeutet umgangssprachlich auch Penis).

«Willkommen im Pillen-Paradies», sagt die erste Geliebte Piets aus Tarbox, als er besorgt nach Verhütungsmaßnahmen fragt.[80] Doch dieses Paradies kennt schon bald auch Verlierer: diejenigen nämlich, die sich in den neuen Liebesreigen nicht einzureihen vermögen und zudem vielleicht noch, wie Piets Ehefrau Angela, an sich selber zweifeln statt an der Sexgläubigkeit, die teilweise Züge eines Religionsersatzes annimmt. *«Ich will mit niemandem ins Bett gehen»*, sagt Angela eines Abends traurig und resigniert zu ihrem Mann. *«Ich komme mir überhaupt nicht wie eine richtige Frau vor. Ich bin irgendein freundliches Neutrum, dem als eine Art Scherz dieser Sex-Appeal angehängt ist.»*[81] Das schließt Eifersucht nicht aus, wie Piet erfahren muß, doch dem Sex in der Ehe hilft auch das nicht mehr auf, im Gegenteil, Angela klagt: *«Je eifersüchtiger ich werde, desto weniger kann ich mich dazu überwinden, mit dir zu schlafen.»*[82]

Updikes Roman ist also alles andere als ein Jubelruf angesichts der neuen erotischen Freiheiten in den sechziger Jahren – zu genau schaut der Autor hin, zu einfühlsam vermag er das Drama einer scheiternden Ehe nachzuzeichnen. Den immer wieder im Ansatz mißratenden Liebesakt von Piet und Angela schildert er mit psychologischem Scharfsinn als belastet *von Erinnerungen an seine Unbeholfenheit und ihr Unvermögen, Unbeholfenheit zu ertragen; von dem Bedürfnis nach Zartgefühl und der Irritation, die das Flehentliche, das im Zartgefühl liegt, bei ihr hervorrief; von der Verachtung, die sie sowohl seinem pyjamadrapierten Werben wie seiner nackten Wut entgegenbrachte; von seiner hilflosen Durchschaubarkeit und ihrer undurchschaubaren Enttäuschung*[83].

So läßt sich Piet um so mehr von seiner neuen Geliebten Foxy beeindrucken und genießt deren Oralsex-Aktivitäten (*die langen zärtlichen Meditationen ihres Mundes über seinem Phallus, von denen er nie auch nur zu träumen gewagt hätte*) – gewagte Szenen, weil die junge Frau, als sie sich Piet ins Bett holt, schwanger ist und ein Kind von ihrem Ehemann Ken erwartet. Früh deutet sich an, daß Ehen auch in der Zeit gegenseitig zugestandener Freiheiten scheitern können, daß aus außerehelichen Beziehungen wieder neue Ehen entstehen werden. *Die ersten Schritte beim Ehebruch sind die einzig freien*, heißt es einmal, *später entsteht eheähnlicher Zwang.*[84] Am Ende wird auch der Kirchturm am Boden liegen, ein Brand nach Blitzeinschlag hat die schöne alte Holzkirche in Schutt und Asche gelegt. Der goldene Hahn allerdings kann geborgen werden.

Obwohl Tarboxer Freunde sich einmal während eines Besuchs beim Ehepaar Hannema davon beeindruckt zeigen und aussprechen, «*was für ein gutes Paar ihr zwei doch seid und wie fürsorglich und liebevoll ihr miteinander umgeht, auch wenn ihr allen das Gegenteil weismachen wollt*», ist die Trennung schließlich nicht mehr abzuwenden. Danach meiden die anderen Paare den Umgang mit Piet, wegen der *Ansteckungsgefahr, vor der sie sich seit seinem Schiffbruch fürchteten.*[85] Foxy ist mit ihrem Kind längst fortgezogen, schreibt nur noch Briefe, ohne etwas zu fordern, und so ist es doch ein kleiner erzählerischer Coup auf den letzten Zeilen des Romans, als sie und Piet sich wiederfinden, heiraten und gemeinsam nach Lexington ziehen.

Erstmals zeigt Updike hier literarisch das Gelingen einer neuen Verbindung, wenn auch nur im Anfangsstadium. Es sind zahlreiche Kleinigkeiten – sie fallen nur genauen Kennern seiner Lebensumstände auf –, die den autobiographischen Charakter dieses Romans unterstreichen. So haben eingefleischte Updike-Fans etwa herausgefunden (und auf Internetforen öffentlich gemacht), daß zwei der Häuser, in denen der Autor während seiner Ipswich-Zeit lebte, in dem Roman exakt beschrieben werden: in einem der beiden, jenem, das der Autor mit seiner Familie erst zwei Jahre nach Erscheinen des Romans beziehen sollte, ließ er das Ehepaar Ken und Foxy wohnen.[86]

Der Ehebruch in den Vororten, hat Updike viel später geschrieben, sei ein Thema, *das, wenn ich es nicht erschöpft habe, wenigstens mich erschöpft hat*[87]. Und zwar nicht nur, wie er im Gespräch erläuterte, weil er persönlich davon immer weniger verstehe, sondern weil das Thema heute überhaupt nicht mehr die Bedeutung habe, die es einmal für seine Generation hatte: *Für uns war das geradezu eine betörende Sache – die Reichen haben es ja immer schon getan. Für die Mittelklasse aber war es neu, genug Polster zu haben, um sich den Luxus erlauben zu können, eine andere Person als den eigenen Ehepartner zu begehren. Mein Roman «Ehepaare» beschreibt diesen historischen Augenblick, der lange vorbei ist. Heute heiratet man später, hat jede Menge Sex vor der Ehe. Für meine Kinder scheint es von größter Bedeutung zu sein, die Familie zusammenzuhalten und bessere Eltern abzugeben. Wir waren damals völlig außer Rand und Band. Irgendwie bekamen wir unsere Kinder, ohne groß darüber nachzudenken.*[88]

Ehepaare ist bis heute einer der «besten erotischen Romane des 20. Jahrhunderts»[89] geblieben – vielleicht ist er überhaupt derjenige Roman Updikes, der die erzählerischen Fähigkeiten und Qualitäten dieses Autors am besten bündelt und zum Tragen bringt, das erstaunliche Werk eines Mannes von Mitte Dreißig. Jedenfalls verschaffte der Erfolgsroman seinem Schöpfer erstmals einen Platz auf der Titelseite des Magazins «Time», im April 1968 mit der Schlagzeile: «Die Ehebruchs-Gesellschaft». Das haftete ihm nun an: ein literarischer Fachmann in Sachen Ehebruch und Verführung zu sein.

War er das auch im Privatleben?

Updike hat nie geleugnet, daß die sechziger Jahre auch für ihn eine wilde Zeit waren, wie eine einzige

Titelblatt «Time», 1968

große Party, eben: *außer Rand und Band.* Man darf nicht vergessen, wie jung er und seine Frau waren – und wohl auch die meisten anderen aus der Ipswich-Clique –, als sie heirateten und Kinder bekamen. Er selbst nahm an sich durchaus skeptisch *das Ausgehungerte und Unersättliche, das Räudige* wahr. Und ihm war natürlich schon Ende der fünfziger Jahre bewußt, daß er als junger Schriftsteller eine attraktive Sonderstellung hatte, sah sich *aufgewertet [...] durch einen Hauch von Wohlstand und Berühmtheit.* In Ipswich war er, wie er nicht ohne Selbstironie vermeldet, ein *Mini-Mailer [...], ein veritabler Bock in der Hausfrauenherde, gefallsüchtig, boshaft, gierig erpicht auf meinen Anteil an den Freuden des Lebens, ein zerstreuter, mediokrer Vater und noch schlechterer Ehemann [...], ein ebenso unangenehmer Angeber, habgierig, hinterlistig und skrupellos seinem Ego frönend.*[90]

Einzelne, eher harmlose, ein wenig spätpubertär anmutende Fehltritte hat er in seinen Memoiren beschrieben, so eine nächtliche Streichelaktion im Auto auf dem Rückweg von einer der regelmäßigen Skiausflüge des Freundeskreises in den Norden des Landes: *Ich meine mich zu erinnern, daß ich während einer der endlosen Heimfahrten auf der dunklen, südwärts führenden Route 93, indes meine Frau auf dem Vordersitz saß und ihr Haar in rhythmischen Abständen von entgegenkommendem Scheinwerferlicht mit Strahlen umkränzt wurde, meine Nachbarin auf dem Rücksitz durch den Stoff ihrer Skihose masturbierte und brüderlichen Stolz empfand, als sie, genau in dem Augenblick, da wir in die Straße nach Ipswich einbogen, erschauernd zum Orgasmus kam.*[91]

Ansonsten gibt sich Updike in seinem Werk *Selbst-Bewußtsein*, aus dem dieses Zitat stammt, verständlicherweise zurückhaltend, was das Thema angeht. Dabei ist zu bedenken, daß er diesen autobiographischen Rückblick zwar lange nach der Scheidung von seiner damaligen Ehefrau schrieb und veröffentlichte, doch mußte er im Auge behalten, daß unter den möglichen Lesern auch seine erste Frau sein konnte. Und es ist eben ein Unterschied, ob eine Beichte in Form eines Romans oder einer Erzählung daherkommt, also als Fiktion im ungefähren belassen wird, oder sich als Tatsachenbericht deklariert. Nicht zufällig heißt es an einer Stelle (wo das Strandleben von Ipswich ausgemalt wird):

Dieses Buch handelt von meinem Selbst-Bewußtsein, nicht dem ihren, aber ich denke, auch sie hatte Gründe [...] dafür, dankbar zu sein, in diese wunderbare, zwanglose, amüsante, tolerante, unprovinzielle Stadt zu gehören. [92]

Angesichts der vielen Frauen *in fabelhaften Partykleidern oder in Badeanzügen am Strand* sei sein Körper, wie Updike es formuliert, *ehelich ergeben und pflichtbewußt* geblieben. So mag es auch lange Zeit gewesen sein. Aber irgendwann, zu Beginn der sechziger Jahre, wurde es eben doch ernst. *Kurz gesagt: ich wollte aus meiner Ehe ausbrechen wegen einer anderen Frau, es zerschlug sich, und ich bekam Schwierigkeiten mit dem Atmen [...]. Ich hatte mich endlich in die Reichweite des Leids gewagt. Und nicht nur das: ich hatte auch in einem anderen Menschen Wagemut entfacht. Ihr Nachruf auf die Affäre war der trockene Satz: «Wir haben uns zu viel vorgenommen.»* Updike selbst sah es so: *Eine Tür hatte sich geöffnet und wieder geschlossen. Mein Gewissen und meine Schüchternheit hatten sie zugeschlagen.* Und er sprach rückblickend von einer *angstumnebelten Zeit.* [93]

Wie immer das im einzelnen ausgesehen haben mag, es waren wohl in der Regel die Frauen, die ihn, den zunehmend attraktiven Schriftsteller, umgarnten und an ihm hingen – und litten. In den romantischen Beziehungen seines Lebens, hat Updike später recht trocken resümiert, habe er *die Oberhand gehabt und alles Herzweh auf mich gelenkt* [94].

Wohin der Hase läuft

Updike war nun berühmt, reich, ein international durchgesetzter Autor – und noch nicht einmal vierzig Jahre alt. Was tat er? Er arbeitete. Updike hat sich nie auf seinen Erfolgen ausgeruht. Und es war bei ihm nie vorherzusehen, in welche Richtung es weiterlaufen würde. Freilich: nicht alles gelang ihm. So hatte er sich zu der Zeit, als der *Couples*-Triumph ihn überrollte, mit einem Romanprojekt befaßt, das mit viel Rechercheaufwand verbunden war, aus dem aber am Ende nichts wurde. Er hatte vorgehabt, seinen ersten historischen Roman zu schreiben: über die Amtsführung und das Privatleben des einzigen US-Präsidenten, der aus Pennsylvania stammte, dem Bundesstaat, in dem auch Updike geboren worden war: James Buchanan (1791–1868). Doch zunächst einmal war das Vorhaben gescheitert, *aus widerständigen historischen Materialien einen Roman zu machen*[95].

Es mußte schnell ein Ersatz her, gewissermaßen das Gegenprogramm: nämlich die Gegenwart und anhaltende Gegenwärtigkeit des zehn Jahre zuvor im Präsens davongelaufenen Rabbit, der in Pennsylvania, in Brewer (dem fiktiven Pendant zu Updikes Geburtsstadt Reading) zuletzt gesehen worden war. *Die Leute hatten mich oft gefragt: Wie geht es denn weiter, wo läuft Rabbit hin?*[96] So erzählt es Updike immer wieder gern. In einem Essay hat er die Richtung des Buches umschrieben: *Jetzt würde ich es ihnen zeigen und die ganzen erdrückenden, erschreckenden und überreizten Entwicklungen der widersprüchlichsten Dekade in Amerika seit dem Bürgerkrieg dazugeben – Antikriegsproteste, Black Power und Rhetorik, Teach-Ins, Ausreißer aus dem Mittelstand, Drogen und die Mondfahrt (die sich auf dem Weg zu ihrem technologischen Rendezvous geisterhaft durch die hektische Gewalt zu Hause und im Ausland bewegte).*[97]

Und so geschah es. Der umfangreiche und mit zeitpolitischen Verweisen vollgepackte Roman erschien 1971 unter dem Titel *Rabbit Redux* (den ungewöhnlichen Begriff «redux», der aus dem Lateinischen stammt und «zurückkehrend» bedeutet,

US-Präsident John F. Kennedy und sein Vize Lyndon B. Johnson besuchen den NASA-Raketenentwickler Wernher von Braun, 1962

hatte Updike unter anderem einem Gedichttitel von John Dryden entlehnt: «Astraea Redux»). Die deutsche Übersetzung, die 1973 herauskam, trägt den abweichenden Titel *Unter dem Astronautenmond* – bezogen auf die in den sechziger Jahren forcierten Bemühungen um die erste Landung auf dem Erdtrabanten, die im Roman als historische Folie eine wichtige Rolle spielt. Nachdem der Sowjetunion im März 1961 die erste bemannte Raumfahrt gelungen war (der zweite Triumph des kommunistischen Systems nach dem überraschenden Start des Sputniks wenige Jahre zuvor), hatte Präsident John F. Kennedy angekündigt, noch vor Ende des Jahrzehnts einen Menschen auf dem Mond landen zu lassen. Das gelang tatsächlich: Nach einer ersten bemannten Umrundung des Mondes im Dezember 1968 betrat ein US-Astronaut unter wacher Anteilnahme eines großen Teils der Weltbevölkerung am 20. Juli 1969 die Mondoberfläche – begleitet von den legendären Worten: «Dies ist ein kleiner Schritt für einen Menschen, aber ein großer Sprung für die Menschheit.»

«Unter dem Astronautenmond»

> «Ich glaube, daß dieses Land sich dem Ziel widmen sollte, noch vor Ende dieses Jahrzehnts einen Menschen auf dem Mond landen zu lassen und ihn wieder sicher zur Erde zurückzubringen. Kein einziges Weltraumprojekt wird in dieser Zeitspanne die Menschheit mehr beeindrucken oder wichtiger für die Erforschung des entfernteren Weltraums sein; und keines wird so schwierig oder kostspielig zu erreichen sein.»
> US-Präsident John F. Kennedy am 25. Mai 1961 zum amerikanischen «Apollo»-Programm

Im Gegensatz zur quälenden Schreibarbeit am Buchanan-Projekt war die Niederschrift des Romans für den Schriftsteller ebenfalls eine Art Spaziergang, nur eben nicht auf dem Mond, sondern auf der zunehmend verwirrenden Oberfläche des amerikanischen Mutterbodens. Die Wiederbelebung von Harry Angstrom, seiner nun auch um zehn Jahre älter gewordenen Rabbit-Figur, dieses *mittlerweile Fett ansetzenden Durchschnittsamerikaners*, dem Updike selbst *geduldige Neugier* sowie *verzögertes Reifen* attestiert hat, eröffnete ihm die Möglichkeit, die Veränderungen der amerikanischen Gesellschaft in den sechziger Jahren zu spiegeln: *Amerika und Harry litten, staunten, hörten zu und hielten aus. Natürlich nicht, ohne den entsprechenden Preis zu bezahlen*. War der Roman *Ehepaare* gewissermaßen selbst Teil und Ausdruck der Verschiebungen von Moral und Sitte, so hatte sich Updike – *es war gut, wieder in Brewer zu sein* – hier eine Art Chronik des gerade zu Ende gegangenen Jahrzehnts erschrieben.[98]

Harry erscheint dabei weniger denn je als sympathischer Romanheld. Zwar ist es dieses Mal seine Frau Janice, mit der er längst wieder zusammenlebt, die ihn gleich im ersten Kapitel des Romans verläßt – wegen eines auch nicht eben sympathischen Autohändlers griechischer Abstammung namens Charlie Stavros –, doch bei aller ihm zugestandenen Ratlosigkeit, wie mit dem Alltag und dem ihm anvertrauten pubertierenden Sohn Nelson umzugehen sei, ist Rabbits Desinteresse besonders gegenüber dem eigenen Kind nur schwer erträglich. Er holt sich die 18 Jahre alte Jill als Geliebte ins Haus, was freilich mehr von der – gegen ihr wohlhabendes Elternhaus revoltierenden – Ausreißerin ausgeht als von ihm selbst, dem weitgehend orientierungslosen Helden («*Wollen Sie denn nicht mit mir schlafen?*» fragt ihn das Mädchen 99). Ihr gesellt sich bald ein farbiger Vietnam-Veteran namens Hubert Johnson zu, Skeeter genannt, den Rabbit, der sich gerne aufgeschlossen gibt, auch noch aufnimmt, was zu fatalen Konsequenzen führt.

Zunächst aber meldet sich am Telefon Rabbits Frau, der zugetragen worden ist, daß eine junge Frau im Haus ihre Stelle eingenommen hat. In der Dialogführung beweist der Erzähler Updike einmal mehr, mit welch großem psychologischen Einfühlungsvermögen und mit welch treffender Formulierungsgabe er ein solches Gespräch zu vergegenwärtigen, ja regelrecht hörbar zu machen versteht. Obgleich Janice weiß, daß sie als die Fortgegangene wenig Recht hat, ihrem Mann Vorwürfe zu machen, schimmert unter der verständlichen Sorge um den gemeinsamen Sohn auch pure Eifersucht durch.[100]

So selbstbewußt und kühl Rabbit sich auch gibt, die Dinge entgleiten ihm zusehends. Skeeter entpuppt sich nicht nur als Spinner, der sich für den kommenden Messias hält, sondern ist auch ein brutaler Krimineller und Drogendealer, der das Mädchen von sich abhängig macht und zu sexuellen Handlungen – in Gegenwart des Hausherrn – erpreßt. Rabbits Sohn, der selbst heimlich in Jill verliebt ist, entwickelt sich zu einem verantwortlich denkenden Ersatz-Erwachsenen und macht seinem Vater Vorhaltungen: Der müsse dem Mädchen helfen, müsse den Schwarzen rausschmeißen und sich um Jill kümmern.

Rabbit – solche Ambivalenzen gesteht Updike seinen Figuren allemal zu – fühlt sich seinem Kind plötzlich sehr nah, hat sogar den Gedanken: *sie sind sich in letzter Zeit näher gekommen, Vater und Sohn*, und entschuldigt sich bei ihm mit den Worten: «*Nelson, es tut mir leid. Es tut mir leid, daß du in dieser bösen Unordnung, die wir alle anrichten, leben mußt.*» Doch wie schon im ersten Rabbit-Roman vermag der traurige Held die Katastrophe auch dieses Mal nicht abzuwenden: Nachbarn, die dem Treiben im Angstrom-Haus mit Neugier und Empörung durch die Fenster zugeschaut haben, zünden ihm das Haus über dem Kopf an. Jill kommt in den Flammen um, Skeeter kann – mit Rabbits Hilfe – vor der Polizei fliehen. Zu allem Überfluß verliert Rabbit auch noch seinen Job: Er, der sich vom Verkäufer zum Schriftsetzer hat umschulen lassen, muß nun erfahren – auch eine Konsequenz des beschriebenen Zeitalters –, daß diese Arbeit überflüssig wird: «*Bleisatz ist endgültig vorbei*», sagt ihm sein Vorgesetzter.[101]

Updike zeichnet das Bild einer desolaten Gesellschaft, der USA im Chaos – ein düsterer, leicht überfrachteter Roman, doch bis zur letzten Seite faszinierend. Am Ende sieht man Rabbit und seine Frau Janice wieder vereint, tagsüber in einem Motelzimmer, am klassischen Ort und zur klassischen Zeit für den Ehebruch. Aber richtig vereint sind sie eben doch nicht: Sie kommen sich selbst merkwürdig dabei vor, und aus der Aufregung über den ehelichen Neubeginn in fremder Umgebung folgt Rabbits sexuelles Versagen. Gattin Janice kommentiert es trocken und gelassen: «*Wenn du doch nichts von mir willst, kann ich mich ja auch gleich auf die Seite drehen und ein bißchen schlafen. Ich habe fast die ganze Nacht wachgelegen und gegrübelt über dieses – dieses Wiedersehen.*» Da liegen sie ein wenig verloren in ihrem Hotelbett, vertraut miteinander trotz der gegenseitigen Untreue, und beide schlafen ein. Und als wolle sich der Erzähler vergewissern, daß der Leser ihm und seinen Figuren noch folgt, läßt er den Roman ruckartig, fast stotternd zu Ende gehen, als würde ein Film reißen, und mit einer Frage ausklingen: *Er. Sie. Schläft. Okay?*[102]

Ein wichtiger Mosaikstein allerdings fehlt noch in der Beschreibung des Romans: das Thema Vietnam, das das Buch wie ein roter Faden durchzieht (bewußt gesetzt gegen das andere durchgängige Motiv, die Mondlandung, die erfolgreiche US-Mission). Als die junge Geliebte Rabbit einmal fragt, warum seine Frau ihn eigentlich verlassen habe, antwortet er: «*Wahrscheinlich hat sie sich gelangweilt. Und außerdem waren wir auf politischem Gebiet verschiedener Meinung.*» Worum es gegangen sei? «*Um den Krieg in Vietnam. Ich bin voll und ganz dafür.*» Später fragt der Held den aus der Vietnam-Hölle zurückgekehrten Schwarzen: «*Skeeter, eines versteh ich nicht, wie denkst du über den Vietcong? Ich meine: sind sie im Recht? Oder im Unrecht? Oder was?*» Der antwortet zwar etwas umschweifig, aber doch anschaulich und mit einer gewissen Logik: «*Als Ganzes gesehen hab ich nie begriffen, was sie eigentlich wollten, außer daß wir weiß waren oder schwarz, und sie gelb. Und außerdem waren sie zuerst dagewesen, stimmt's? Aber abgesehen davon kann ich nicht behaupten, daß sie sich sehr sinnvoll verhielten, denn die Menschen, die sie am liebsten kastrierten und an den nächsten Baum hängten, lebend begruben und ähnliche Scherze, waren gelb wie sie, stimmt's? Ich würde sie als einen weiteren Teil der Verwirrung betrachten, die die falschen Propheten angerichtet haben [...].*»[103]

Und noch in den letzten Zeilen des Buches taucht das Thema wieder auf, die Frage nämlich: «*Glaubst du, daß die Sache mit Vietnam je ein Ende nimmt?*» Rabbit fragt das seine Frau im Motelzimmer, und es ist genau diese Frage, die auch den Autor zu jener Zeit – der Roman spielt um 1969 – umgetrieben hat.

Der eigentliche Vietnam-Krieg dauerte von 1965 bis 1973. Er hatte mit amerikanischen Luftangriffen auf den kommunistischen Norden und mit der Stationierung von US-Soldaten in Südviet-

nam begonnen. Deren Zahl erhöhte sich von zunächst knapp 200 000 auf mehr als eine halbe Million gegen Ende des Jahres 1968, das den Höhe- und gleichzeitig Wendepunkt markiert – die inneramerikanischen Proteste gegen den Krieg und die Art der Kriegsführung (wie den Einsatz von Napalm) nahmen bis dahin unbekannte Ausmaße an. Es ist heute kaum noch vorstellbar, wie stark die sich etablierende Gegenkultur auf die Politik zurückwirkte; die Berichterstattung im Fernsehen, erstmals fast ungehindert von einem Kriegsschauplatz, tat ein übriges. Das Thema dominierte die intellektuelle Debatte auch zu Beginn der siebziger Jahre unvermindert.

In Europa wurde über den Sinn und die Rechtmäßigkeit des US-Engagements in Vietnam ebenso heftig diskutiert. Im August 1966 hatte eine britische Zeitung bei Updike angefragt, was er von diesem Krieg halte. Der Kern seiner Antwort: *Wie die meisten Amerikaner fühle ich mich unbehaglich bei unserem militärischen Abenteuer in Südvietnam. Aber aufrichtig gesagt, frage ich mich, ob dies Unbehagen nicht eher mit den hohen Kosten an Menschenleben und Geld zu tun hat als mit der Frage nach der moralischen Legitimation [...]. Ich bin für unsere Intervention, wenn sie etwas Gutes bewirkt – besonders, wenn sie dem Volk in Südvietnam ermöglicht, seine politische Zukunft selbst zu bestimmen. Es ist absurd zu behaupten, ein Dorf in der Gewalt der Guerilla habe sich aus freien Stücken dazu entschieden, oder wir seien es der Geschichte schuldig, uns einer von Terroristen eingefädelten Zukunftswelle zu unterwerfen.*[104]

Ein Gedankengang, der heute, im 21. Jahrhundert, vielleicht nachvollziehbarer erscheint, als es damals der Fall war, zumindest unter den linken Intellektuellen der Ostküste. Updike hatte diesen Beitrag, geschrie-

Demonstration gegen den Vietnam-Krieg im New Yorker Central Park am 15. April 1967

ben während eines Sommeraufenthalts auf der Insel Martha's Vineyard, fast schon wieder vergessen, als ein Jahr später, im September 1967, in der «New York Times» ein Buch besprochen wurde, in dem die verschiedenen Beiträge unter dem Titel «Autoren beziehen Stellung zu Vietnam» gesammelt worden waren. Er fand sich in dieser Rezension als der einzige amerikanische Schriftsteller wieder, der vorbehaltlos für die Intervention in Vietnam sei.

Dagegen hieß es sich verwahren. Er setzte sich hin und schrieb eine neue Stellungnahme, so umfangreich, daß sie nicht einmal vollständig abgedruckt wurde. Er gab sich Mühe, die Sache genau zu formulieren: *Ich unterscheide mich möglicherweise von meinen einhellig taubenmütigen Kollegen dadurch, daß ich der Johnson-Regierung guten Glauben und einige Vernunft unterstelle [...]. Jeder, der nicht ein rigoroser Pazifist ist, muß zumindest in Betracht ziehen, daß etwas dran sein könnte an dem Argument, dieser Krieg, so schlimm er auch sei, stelle das kleinere Übel dar und werde geführt, um schlimmere Kriege zu verhindern.* Er räumte aber auch ein, daß sich bei ihm während des Jahres seit der ursprünglichen Stellungnahme die Zweifel daran gemehrt hätten, ob die amerikanische Intervention überhaupt Gutes bewirke: *die Bombardierung des Nordens erscheint so zwecklos wie brutal und sollte eingestellt werden.* Im übrigen halte er es grundsätzlich *für läppisch, bei Schriftstellern Auskünfte über politische Probleme einzuholen.* In dem dann nicht mehr abgedruckten Teil hatte er noch angefügt: *Ich würde es begrüßen, wenn man mich der Verantwortung enthöbe, eine Meinung über die verwickelten Vietnam-Angelegenheiten zu haben [...]. Mein einziger konkreter Vorschlag wäre, daß Präsident Johnson 1968 auf seine Wiederwahl verzichtet.*[105]

Da war immer noch die Wut darüber zu spüren, in diese Außenseiterrolle geraten zu sein, mehr noch, sich in einer Ecke wiederzufinden, in der er sich selbst so eindeutig gar nicht sah. Es kam noch schlimmer. Als der nach der Ermordung Kennedys ins Amt aufgerückte Lyndon B. Johnson, unter dessen Präsidentschaft der US-Einsatz in Vietnam intensiviert worden war, im März 1968 tatsächlich bekanntgab, nicht wieder kandidieren zu wollen, bot Updike dem «New Yorker» einen Kommentar an: Immer noch schrieb er dort gelegentlich als Gast auf der Seite

«Talk of the Town». Es sollte sein letzter Versuch für diese Rubrik werden. Die für Johnson freundliche Stellungnahme wollte man im Magazin nicht drucken, auch nicht die Bemerkung: *was Vietnam angeht, so sind die real existierenden Alternativen vielleicht begrenzter, als wir uns vorgestellt hatten.* Updike zog seinen Beitrag zurück und überließ das Kommentieren im «New Yorker» fortan *anderen, linkeren Schreibern*[106] – ohne freilich grundsätzlich Abschied von seiner publizistischen Urheimat zu nehmen.

Doch die Sache mit Vietnam und seine Rolle darin ließen ihm keine Ruhe. Kein Wunder: das alles prägte diesen Lebensabschnitt bis in die privatesten Verhältnisse hinein. So hat Updike viel später, Ende der achtziger Jahre, in seinem Buch *Selbst-Bewußtsein* dieser Angelegenheit noch einmal ein umfangreiches Kapitel unter dem Titel *Warum ich keine Taube bin* gewidmet. Was ihn damals, Ende der sechziger, Anfang der siebziger Jahre umtrieb, beschreibt er so: *Es schmerzte und verwirrte mich, nicht im Schritt mit meinen redaktionellen und literarischen Kollegen zu sein, mit den gebräunten und fast durchweg gegen den Krieg eingestellten Sommerbewohnern von Martha's Vineyard [...] und mit vielen meiner liebsten Ipswich-Freunde, einschließlich meiner Frau. Wie war ich in ein so fatales Fahrwasser geraten?*[107]

Die Gründlichkeit der Selbstbefragung ist beeindruckend, und sie schließt eben auch die Erwägung ein, ob es in der ganzen Vietnam-Frage im Hause Updike eigentlich um eine eheinterne Auseinandersetzung ging. Seine Frau Mary, die sich der Friedensbewegung zugehörig fühlte und gern nach psychologischen Erklärungsmodellen suchte, führte Updikes Haltung auf Schuldgefühle gegenüber dem als unsicher erlebten Vater zurück, dem er – wie jetzt seinem verunsicherten Land – ein *loyaler Sohn* sein wolle. Der Schriftsteller hingegen fragte sich, ob er nicht eigentlich seine Partnerin durch seine Ansichten attackierte und so gegen die eigene Ehe revoltierte. Auf dem *Höhepunkt des Vietnam-Unheils* schenkte ihm seine Familie demonstrativ – *in liebevoller Verbitterung*, wie er es später formuliert hat – eine große amerikanische Flagge zu Weihnachten.[108]

Aber warum konnte er sich auch Fremden und Freunden gegenüber beim Thema Vietnam nicht zurückhalten? Er, der

Aufsteiger aus kleinen Verhältnissen, der schon aus familiärer Tradition den Republikanern fernstand und stets die Demokraten gewählt hatte, verabscheute die Friedensbewegung und ihre romantischen Vorstellungen von Politik. Anders als viele seiner Freunde, die seiner Meinung nach dazu neigten, *die Intervention als einen Schnitzer der Regierung zu betrachten, an den sie weiter keine Leidenschaft wenden konnten*, betrübte ihn zutiefst, *daß unser patriotischer Mythos von unbesieglicher Tugend einstürzte.*¹⁰⁹ Er fühlte sich geradezu verpflichtet, gegen die in seinem Freundeskreis vorherrschende Meinung anzugehen und Politiker wie Johnson, Nixon oder Kissinger zu verteidigen, nicht selten mit glühendem Gesicht, unter Herzrasen und Stottern – das von Zeit zu Zeit auftretende Stottern war neben der Hautkrankheit der zweite Makel, mit dem Updike seit langem leben mußte.

> *Auf der privaten wie auch der nationalen Ebene sind Inseln der Waffenruhe, erzeugt durch das Gleichgewicht des Schreckens und der potentiellen Gewalt, das Höchste, das wir erhoffen können.*
> John Updike, «Selbst-Bewußtsein»

Auch in Gegenwart von Philip Roth, einem von ihm durchaus geschätzten, ein Jahr jüngeren Kollegen (dessen Bestseller «Portnoys Beschwerden» damals kurz vor der Veröffentlichung stand), konnte er sich nicht bremsen und stritt in kleinem Kreis vehement für seine Position. Updike erinnert sich mit spürbarem Mißmut an die Situation – und nicht frei von Bosheit: *In dem ruhigen, verbindlichen Ton dessen, der viele Sitzungen beim Psychiater hinter sich hat, wies Roth mich darauf hin, daß ich der einzige aggressive Mensch im Raum sei.*¹¹⁰ Tatsächlich hatte Roth

Philip Roth, 1970

weniger mit Psychiatern als mit Psychoanalytikern zu tun, woraus er auch nie ein Hehl gemacht, die Erfahrung auf der Couch vielmehr als Motiv für seine Romane gern genutzt hat. (Im übrigen könnte Updike hier auch die Therapie-Erfahrung der eigenen Frau indirekt angesprochen haben.)

Warum also hatte er sich in diese Außenseiterrolle manövriert? Updike lag daran, das Bündel von Motiven selbst zu durchschauen. Fühlte er sich schuldig, weil er keinen Militärdienst geleistet hatte? Er war jedenfalls der Meinung, daß *dieser niederträchtige altmodische Krieg, angeführt von tolpatschigen Präsidenten aus dem Westen und ausgefochten von den neunzehnjährigen Söhnen der Armen* nicht so einfach von seinen privilegierten Freunden und anderen verteufelt werden konnte, *von einer Handvoll Begünstigter, Aufgeklärter, die sich hinter Zurückstellungen fürs College verschanzt, in keusche kühle Länder flieht, arrogant Schweineblut über Musterungsakten gießt [...]*. Und wütend machte ihn, der seinem Land gegenüber Dankbarkeit empfand, wenn *die Friedensbewegung unsere Regierung mit einem Hakenkreuz abstempelte*. Das fand er *indiskutabel beschränkt*.[111]

Am Ende erspart sich Updike auch eine heikle Überlegung nicht: Könnte es sein, daß ihn eine gewisse Originalitätssucht trieb, wenn er sich weigerte, *den mustergültigen Standpunkt einzunehmen, daß weder Gott noch gute Gründe in Vietnam auf unserer Seite waren*? Schließlich gefiel er sich ja auch in der *antibohemienhafte[n] Geste, sonntags, komme, was da wolle, in die Kirche zu gehen, einzutauchen in das nackte klare Licht des Kongregationalkirchenschiffs und die einfachen, von den Pilgervätern auf uns gekommenen Riten*. War das nicht überhaupt der Urgrund seiner Schriftstellerei, machte nicht gerade das den Abstand aus zu *dem typischen Schriftsteller, meinem desillusionierten Pendant in Manhattan?* Für ihn war dieser Abstand jedenfalls künstlerisch fruchtbar geworden, *weil die abendländische Kultur, von Boethius bis Proust, sich in christlicher Verzauberung abgespielt hatte, und die psychologischen Spannungen, die diese Verzauberung erzeugte, waren eigentlich schon alles, was es zu vermelden gab*.[112]

Als der Vietnam-Krieg Anfang 1973 endlich zu Ende ging – am 27. Januar wurde in Paris ein Friedensabkommen unterschrieben –, war Updike zusammen mit seiner Frau gerade in Afrika unterwegs. Er war erleichtert über die Nachricht. *Ich saß auf einer Bühne in Nairobi, und ein schwarzer Professor fragte mich höhnisch aus der Mitte des Publikums, was ich von dem großen amerikanischen Sieg hielt. Ich sagte spontan und wahrheitsgemäß, daß wir ausgestiegen seien, komme mir tatsächlich wie ein Sieg vor. Die Amerikaner im Publikum applaudierten. Wir hatten alle mehr als genug.* Über die Jahrzehnte hat sich diese kritische Haltung bei Updike noch verfestigt, in späteren Gesprächen äußerte er sich unumwunden und eindeutig in der Vietnam-Frage, bei der er sich einst so in die Enge gedrängt gefühlt hatte: *Niemand konnte diesen Krieg mögen. Heute weiß man, daß es ein klarer Fehler war, dort zu kämpfen. Ich habe den Regierenden einfach gute Absichten unterstellt. Ich neige überhaupt dazu, mit der Regierung zu sympathisieren. Ich wäre als Politiker völlig ungeeignet. Ich habe immer das Gefühl, daß fast jede politische Äußerung einer Gegenmeinung bedarf.*[113]

So schwierig die Vietnam-Jahre politisch waren, so fruchtbar waren sie doch für die amerikanische Literatur. Neben etablierten Autoren wie Saul Bellow, E. L. Doctorow, Joseph Heller, Norman Mailer, J. D. Salinger oder Thomas Pynchon, die in dieser Zeit wichtige Bücher veröffentlichten, machte eine jüngere Generation erfolgreich auf sich aufmerksam: so der postmodernverspielte John Barth, Jahrgang 1930, mit «Chimera» (1972), der jüdisch-radikale Philip Roth, Jahrgang 1932, mit «Portnoys Beschwerden» (1969), dessen Verkaufszahlen sogar noch die der *Ehepaare* in den Schatten stellten – und eben er, Updike. Es gab in jenen Jahren eine so eindrucksvolle Phalanx von ausgereiften Künstlern und jüngeren Talenten, daß der Ruf der US-Literatur weit über die Grenzen des Landes hinausging, wie es schon einmal zur Zeit von Hemingway der Fall gewesen war.

Möglicherweise wollte Updike damals gern zeigen, daß auch er mehr konnte, als Geschichten aus der amerikanischen Provinz zu erzählen, jedenfalls erfand er erneut ein Alter ego, den erfolgreichen jüdischen Schriftsteller Henry Bech, der als Kosmopolit gern auf Reisen ist – und betrieb mit ihm ein hinreißendes Spiel der Metafiktion. Eine erste Sammlung von Bech-Geschichten erschien 1970, noch vor der *Rabbit*-Fortsetzung, unter dem Titel

Bech: A Book und wurde von der amerikanischen Presse weitaus freundlicher aufgenommen als die Updike-Romane aus dieser Zeit (eine deutsche Ausgabe erschien dennoch erst 1984: *Henry Bech*). Was das Buch für Updike selbst bedeutete, beschrieb er so: *Im allgemeinen habe ich es vermieden, über das literarische Leben zu schreiben, und daß ich hier den Sprung gewagt habe, gibt mir ein erhebendes Gefühl.* Im Grunde ist der Schriftsteller Bech recht weit entfernt von Updike und dessen Leben angesiedelt, alles andere also als eine autobiographische Figur – aber er ist eben auch ein Schreiber, und vor allem: sein Schöpfer konnte mit seiner Hilfe die Erfahrungen eigener Reisen hervorragend verarbeiten. *Ähnlich wie Bech war ich 1964 Kulturbotschafter in der kommunistischen Welt*; damals sei ein Land wie Bulgarien für Amerikaner so etwas wie die erdabgewandte Seite des Mondes gewesen.[114]

Auch die Erlebnisse eines neunmonatigen England-Aufenthalts mit der Familie 1968/69 – auf dem Höhepunkt des Vietnam-Traumas – konnte Updike seinem Kollegen Bech anhängen und ihn, allerdings allein, durch das Swinging London dieser Zeit (*Bech Swings?*) laufen lassen. Am meisten Spaß dürfte Updike freilich das fiktive Gespräch mit seinem Gegenüber gemacht haben, mit dem das Buch einsetzt (Bech beginnt eine Einleitung

Saul Bellow, 1975

Norman Mailer, 1962

zu seinen Geschichten mit einer Ansprache des Autors Updike: «Dear John») und das auch späterhin nicht abreißen sollte, etwa wenn Updike 1992 ein Selbstinterview über einen neuen Roman als Interview fingiert, das Bech mit ihm geführt habe. Es endet mit Bechs Worten: *Passen Sie gut auf sich auf, John.* Und Updike antwortet: *Sie auch, Hank. Hören Sie, Sie sind ein Schatz, daß Sie das gemacht haben. Es ist damit wie mit dem Verlieben – es ist peinlich, wenn man der Einzige ist.*[115] Es habe sich in ihm mit der Erfindung von Bech eine Tür geöffnet, so hat Updike es später (1975) in einem realen Interview formuliert, die zuvor verschlossen war.[116] Jedenfalls hatte er sich mit Bech eine vielseitig einsetzbare Spiel- und Spiegelfigur geschaffen – ganz ähnlich wie Philip Roth mit seinem Alter ego Nathan Zuckerman.

Ein größeres literarisches Wagnis als der Geschichtenzyklus um Bech war jedoch jene Folge von Erzählungen, die Updike schon des längeren über ein Ehepaar namens Joan und Richard Maple schrieb. Hier ging das Experiment genau in die andere Richtung: Wie nah ließ sich am eigenen Leben entlang erzählen, und wie gering konnte der zeitliche Abstand zwischen Fiktion und der Lebenswirklichkeit gehalten werden? Von der familiären Realität wichen eigentlich nur die Namen ab; ansonsten stattete der Schriftsteller seine Maples exakt mit den Lebensumständen der Updikes aus, von Alter und Anzahl der Kinder bis hin zum Wechsel der Wohnorte, und für seinen Helden Richard hatte er sich nicht einmal einen eigenen Beruf ausgedacht (wie üblicherweise für die Figuren in seinen Romanen).

Die erste Geschichte – ein junges Ehepaar in New York – war schon 1956 entstanden, und erst sieben Jahre später hatte Updike den Faden wiederaufgenommen (die Maples sind mittlerweile in die Nähe von Boston gezogen), mit einer Geschichte, die so beginnt: *Die Maples waren jetzt neun Jahre verheiratet, also schon fast zu lange.* Eine spätere fängt mit dem Satz an: *Die Maples hatten schon so lange an eine Trennung gedacht und darüber geredet, daß es schien, sie würden dieses Vorhaben nie verwirklichen.* Und so ergibt sich allein aus den Anfangssätzen schon fast die Geschichte: *Da die Sexualität der einzige wunde Punkt in ihrer Ehe war, kamen die Maples überein, sie aufzugeben – die Sexualität, nicht die Ehe, die acht-*

zehn Jahre alt war und sich bis zu einem Horizont zurückerstreckte, wo selbst ihrer beider Geburtsschmerzen schmerzvoll zu verschmelzen schienen. Was Updike dann aber an Beobachtungen zur Feinstruktur dieser Ehe, dieser verqueren Liebe zu bieten hat, ist selbst für ihn außergewöhnlich; er läuft hier zu höchster Form auf. Etwa wenn es heißt: *Denn ihre Gespräche, die sich in zunehmendem Maße ambivalent und erbarmungslos gestalteten, weil Anklage, Widerruf, Schlag und Liebkosung miteinander wechselten und sich aufhoben, knüpften sie letztlich in einer schmerzhaften, hilflosen, demütigenden Intimität nur noch enger zusammen.*[117]

So ging es mit den Maples quer durch die sechziger Jahre bis weit in die siebziger hinein – und Updike hat sogar einmal behauptet, diese Geschichten hätten nicht im «New Yorker» erscheinen können, der sonst so wohlwollende Chef des Blattes habe sich gesperrt: *Shawn hatte eine Aversion gegen Gewalt und sexuelle Ausdrücklichkeit, und seine Empfindlichkeiten legten bestimmte Parameter fest, die man nicht überschritt. Ich bekam das zu spüren, als meine fiktiven Ehen zu modern wurden und Betrug zu beidseitig und zu unbekümmert geschah; die Geschichten über die Maples wurden mir zurückgeschickt.*[118] Da täuscht ihn freilich die Erinnerung: Das mag in Einzelfällen so gewesen sein, einige Erzählungen wurden im «Atlantic Monthly» und sogar im «Playboy» erstmals veröffentlicht, doch die Mehrzahl fand sehr wohl Aufnahme im honorigen Magazin, vor allem die zunehmend verzweifelter und trauriger anmutenden Geschichten aus den siebziger Jahren wie *Plumbing* (Klempnerarbeiten), *Seperating* (Trennung) oder *Here come the Maples* (Hier kommen die Maples).

In der einen werden durch das ganz alltägliche Gespräch mit einem Klempner im neubezogenen Haus Erinnerungen an eheliche Szenen wach, die sich im gerade verlassen Domizil abgespielt haben, in raschen Skizzen mehr an- als ausgedeutet: *Die Frau, die Ehefrau, wirft etwas – es wäre um ein Haar ein Aschenbecher gewesen, aber selbst in ihrem Zorn, der ihr Gesicht rosenrot färbt, ergreift sie statt dessen umsichtig das Buch.* Oder: *Der Mann steht und brüllt. Sie schlägt ihn; er stößt ihren Arm weg und boxt sie in die Seite, überrascht, wie angenehm, wie schwammig sich das anfühlt.* Die erhoffte Wende im schönen neuen Heim tritt nicht ein. In der

1975 veröffentlichten Erzählung *Trennung* geht es vor allem um die Frage: Wie sagen wir's den Kindern? Da es der Ehemann ist, der ausziehen soll, hat er die Aufgabe übertragen bekommen, es den vier Kindern beizubringen: *Joan hatte darauf bestanden, daß sie warteten, bis alle vier Kinder wieder zusammen seien, alle Prüfungen bestanden, alle Feiern besucht, und das muntere Treiben des Sommers sie trösten könnte.* Wie Richard sich dabei fühlt, wird mit einem knappen, fast unscheinbaren Satz klar: *In seinem versiegelten Herzen hoffte er, der Tag würde nie kommen.* Aber er kommt, dieser Tag, und alles spielt sich dann doch nicht ganz so ab wie geplant. Der Vater, der den ältesten Sohn Dickie extra vom Bahnhof abholt, versucht ihm zu erklären: *Die letzte Stunde, jetzt, die ich auf den Zug wartete, ist so ungefähr die schlimmste meines Lebens gewesen. Ich kann dies alles nicht ausstehen. Nicht ausstehen. Mein Vater wäre lieber gestorben, eh er mir so etwas angetan hätte.*[119]

Falls die Maples-Geschichten tatsächlich, wie immer wieder kolportiert worden ist, in den interessierten Kreisen an der Ostküste wie ein Dossier über den Zustand der Updike-Ehe gelesen wurden, so dürften diese Leser nicht überrascht gewesen sein, als es dann Mitte der siebziger Jahre zum endgültigen Bruch der Ehe kam. Noch zu Beginn des Jahrzehnts war die Familie ein weiteres Mal gemeinsam innerhalb von Ipswich umgezogen (in ein prächtiges Haus in der Labor-in-Vain Road, jenes Haus, in dem der Autor zuvor schon im Roman *Ehepaare* seine Figuren Ken und Foxy wohnen ließ); im April 1972 starb Updikes Vater; im Herbst 1974 verließ Updike die Familie und die Stadt: Er zog nach Boston, wo er an der Universität einen Lehrauftrag erhalten hatte, in ein Apartment an der Beacon Street.

Wie schwer ihm das alles fiel, auch wenn eine andere Frau offenbar schon auf ihn wartete, zeigt sich in allen späteren Äußerungen über diese Zeit, *eine traurige Zeit meines Lebens, als ich Abschied genommen hatte, nicht von meinem Beruf, sondern von meiner Ehe.* Rückblickend auf diese erste Ehe schreibt er: *Wir hatten uns im Harvard-Radcliffe-College kennengelernt und waren Kinder des Lichts; ich mochte das an uns, aber nicht uneingeschränkt.* Seine Vorstellung von Liebe, die er als junger Mann hatte, habe aus Filmen und den Romanen von Henry Miller bestanden. *Vielleicht war ich enttäuscht, daß eine überstrapazierte vierfache Mutter diesen Vorlagen nicht entsprach.*[120]

Das sind spätere Worte aus der Erinnerung. In der Mitschrift der Maples-Geschichten, dieser literarisch einzigartigen Ehechronik, ist die Dramatik und Verzweiflung dieser Jahre ganz unmittelbar aufbewahrt, auch Genaueres über das feinversponnen-neurotische Netz, in das sich Eheleute im Laufe vieler Jahre verstricken können. Vor allem in der finalen Erzählung *Hier kommen die Maples*, der eigentlichen Scheidungsgeschichte, 1976 publiziert, wird das deutlich. Sie hebt mit den angesichts der Situation paradoxen Worten an: *Sie waren immer ein glückliches Paar gewesen* – und Glück haben sie nun auch damit, daß neuerdings *der puritanische Bundesstaat […] eine nichtschuldhafte Scheidung erlaubte.* Also müssen sie nur eine formelle Erklärung leisten (die der Geschichte ihren Titel gibt): *«Jetzt kommen Richard F. und Joan R. Maple und schwören in Kenntnis der auf Meineid stehenden Strafen, daß ihre Ehe unrettbar zerrüttet ist.»* Oder wie es so schlicht und ergreifend in einer früheren der Maples-Geschichten heißt (*Gesten*): *Die zwanzig Jahre, in denen es angebracht gewesen wäre, einander zu lieben, waren vorüber.*[121]

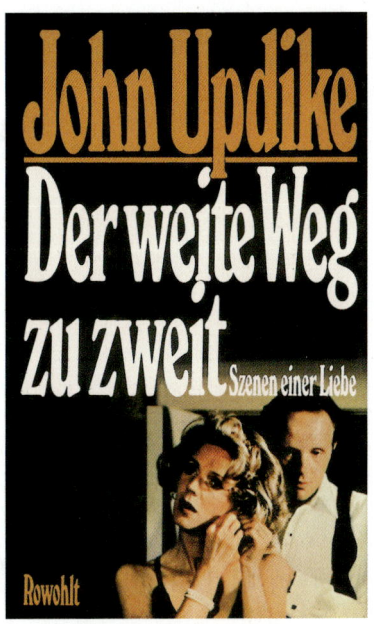

«Der weite Weg zu zweit», deutsche Erstausgabe der gesammelten Maples-Geschichten, 1982

Im März 1976 wurde auch die Ehe der Updikes nach dem Recht von Massachusetts in gegenseitigem Einverständnis geschieden, ohne Verschulden einer der beiden Parteien. Das Schuldgefühl war trotzdem da, und es zeigte langfristig Folgen:

Die Schuld, diesen anderen Menschen nach einundzwanzig Ehejahren verlassen zu haben, färbt die Beziehung zu meinen vier Kindern. Zwar hörten Updikes Asthma-Anfälle auf, doch die Hauterkrankung machte sich wieder verstärkt bemerkbar, vor allem aber: *Ich begann zu stottern, wenn ich mit meinen Kindern redete. Ihre heiteren, nie tadelnden Stimmen am Telephon, ihre gesunden, runden, hellen Gesichter, die ich nur noch zu sehen bekam, wenn wir uns verabredeten oder ich sie einlud, pflanzten mir einen Pfropfen in die Kehle.* Dennoch: Updike fühlte sich wohl und merkwürdig *angekommen* in seiner Bostoner Junggesellenwohnung.[122]

Erzähler, Lyriker, Essayist

Die privaten Umbrüche setzten bei Updike, der zur Zeit seiner Scheidung Mitte Vierzig war, einen spürbaren kreativen Schub in Gang. Anderthalb Jahre nachdem der endgültige Schlußstrich unter die erste Ehe gezogen worden war, heiratete der Schriftsteller erneut: die fünf Jahre jüngere Martha Ruggles Bernhard. Noch im September 1977 zog er zusammen mit seiner neuen Frau und ihren drei Söhnen nach Georgetown, Massachusetts (West Main Street). Von Mitte der siebziger Jahre bis 1981, als pünktlich im Zehn-Jahres-Rhythmus der dritte Band des *Rabbit*-Zyklus erschien (*Rabbit Is Rich*, deutsch 1983: *Bessere Verhältnisse*), publizierte Updike insgesamt neun Bücher, darunter fünf zum Teil äußerst umfangreiche Romane, außerdem einen Gedichtband (*Tossing and Turning*, 1977) sowie 1979 eine Sammlung seiner Kolumnen aus dem «New Yorker» und zwei Sammlungen mit Erzählungen, nämlich *Talk from the Fifties* (mit zwanzig «Talk of the Town»-Geschichten), *Problems* und – endlich auch – *Too Far To Go: The Maple Stories*.

Als der Geschichtenzyklus aus dem Ehealltag der Maples, den Updike selbst später einmal trefflich den *sonderbaren, mir aber teuren Quasi-Roman*[123] nannte, unter dem Titel *Der weite Weg zu zweit* 1982 auch in deutscher Sprache erschien, schrieb der Kritiker Marcel Reich-Ranicki – er setzte sich früh und maßgeblich für Updike in Deutschland ein – begeistert: «Nie, so will es mir scheinen, wurde in der zeitgenössischen Literatur der allmähliche Verfall einer Ehe herzlicher, nie deren endgültiger Untergang zärtlicher beschrieben. Man übertreibt nicht, wenn man sagt: Diese epische Chronik einer immer wieder gefährdeten Beziehung ist ein poetisches Plädoyer für die Erotik. Oder auch: eine Liebesgeschichte.»[124] Das ist in der Tat nicht übertrieben, auch nicht, dieses aus einzelnen Geschichten bestehende Buch einen Roman zu nennen – und zwar einen der besten, die Updike geschrieben hat.

Auch zwei andere Bücher, schon Mitte der siebziger Jahre in den USA erschienen, sind deutlich an der eigenen Ehegeschichte und den privaten Turbulenzen dieser Zeit orientiert. Der erste dieser beiden Romane kam 1975 heraus, als die Scheidung Updikes amtlich noch nicht vollzogen war: *A Month of Sundays* (ein Jahr später auf deutsch als *Der Sonntagsmonat*), die radikale Beichte eines Geistlichen, der mit dem sechsten Gebot erhebliche und variationsreiche Schwierigkeiten hat, formuliert in einem betont vulgären und trotzigen Ton. Der verheiratete Ich-Erzähler, suspendierter Leiter des Kirchenchors und notorischer Ehebrecher, wird von seinen Vorgesetzten zur Läuterung regelrecht in die Wüste geschickt (nämlich in eine Herberge inmitten des Death Valley). Er schreibt dort über seine Sünden, zu Händen der Direktorin des Hauses, die ihm das als Selbsttherapie empfohlen hat. Allerdings verwundert es bei dem unverbesserlichen Verführer kaum, daß er sein Tagebuch nicht zuletzt verfaßt, um auch deren erotisches Interesse zu wecken und sie zu erobern.

Einmal schreibt er ihr, nachdem er theologische Theorien ausgebreitet hat: *Ms. Prynne, verzeihen Sie mir, ich glaube, ich bin zur Unzeit ins Predigen gekommen. Ich bitte um Entschuldigung. Wie Sie gesehen haben, bin ich nicht nur ein Sünder, sondern ein ziemlich fröhlicher Sünder, auch wenn mein Clownskostüm nur noch aus Fetzen besteht.* Die wenig fromme Offenbarung des Geistlichen, geschrieben zur Zeit *der Entlarvung Richard Nixons* (die amerikanischen Präsidenten tauchen wie kleine Zeitsignale in fast allen Updike-Romanen auf), ist voll von aphoristisch zugespitzten Sottisen: *Wahrlich, das Sakrament der Ehe, wie es in seiner unabänderlichen Unmöglichkeit von unserem Erlöser eingesetzt wurde, existiert nur als Vorbedingung für das Sakrament des Ehebruchs.*[125]

Updikes Roman *Der Sonntagsmonat* ist ein bravouröses Stück Rollenprosa. Das eigentliche Meisterwerk aus dieser Zeit ist freilich der zweite Roman, der 1976 erschien, damals aber schon mehr als zehn Jahre alt war: *Marry Me: A Romance* (*Heirate mich!*, 1978). Daß Updike ihn vorher nicht veröffentlichen konnte, hängt gewiß damit zusammen, daß diese Geschichte eines doppelten Ehebruchs, die sich zwischen zwei Paaren im Sommer 1961 abspielt, zu nah am Kern der eigenen Ehekrise dieser Jah-

John Updike Mitte der siebziger Jahre, fotografiert von seinem Sohn Michael

re angesiedelt war – und auch der Wahrheitssucher Updike hier Skrupel hatte. Schon die Beschreibung von Ruth, der Ehefrau des Romanhelden Jerry, trifft nahezu wortwörtlich auf Updikes erste Ehefrau zu, bis hin zur Religionszugehörigkeit:

Sie war die Tochter eines unitarischen Geistlichen. Als sie einen Lutheraner kennenlernte und heiratete, Jerry Conant aus Ohio, war die Frage der Religion für sie beide nicht wichtig. Sie waren Studenten einer Kunstakademie in Philadelphia und naiv in den Kult der wahren Farbe, der wesentlichen Linie vertieft. Sie beteten die stummen Götter des Musentempels an, der über der Stadt schwebte. Als sie einander das erste Mal nackt sahen, war es, als sei jedem von ihnen ein neues Kunstobjekt vor Augen geführt worden, und dieser sonderbar distanzierte Zug setzte sich in ihrer Ehe fort, die mehr von gegenseitiger Bewunderung als von gegenseitiger Besitzergreifung geprägt war.[126]

Bot der Bestsellerroman *Ehepaare* die große Bühne des Ehebruchs, so ist *Heirate mich!* das dazugehörige Kammerspiel, verteilt auf vier Stimmen, die jeweils eines der Kapitel dominieren (es gibt dann noch ein Schlußkapitel, das dem Buch eine würdige und auch formal kluge Rundung gibt, indem es mehrere gleich plausible Schlüsse anbietet). Als das so berührende wie faszinierende Buch 1976 endlich erschien, lag dessen Entstehung selbst für den Autor in weiter Ferne, und in einem Grußwort zu einer limitierten Sonderausgabe der ersten Auflage schrieb er feinsinnig, Liebe sei möglicherweise eine Illusion, aber er glaube, *daß eine meiner Absichten bei diesem Buch voller Luft, voller Pausen, voller ausschweifender Dialoge und leerer Tage, voller plötzlicher Sprünge in Zeit und Ort, im Nachweis bestand, daß die Illusion ein Teil unseres täglichen Lebens ist, für das Luft und Träume ebenso wichtig sind wie Erde und Blut.*[127]

Es folgten weitere Romane im Drei-Jahres-Abstand: 1978 *The Coup* (*Der Coup*, 1981), 1981 *Rabbit Is Rich* (*Bessere Verhältnisse*, 1983) und 1984 *The Witches of Eastwick* (*Die Hexen von Eastwick*, 1985). Auch wenn der erste dieser Romane teilweise in Afrika spielt und einen afrikanischen Ex-Diktator zum Helden hat, so bleibt Updike doch der bewährte Beobachter amerikanischer Verhältnisse und Veränderungen. Die Erfahrungen seiner 1973 unternommenen Reise quer durch den afrikanischen Kontinent (er besuchte Ghana, Nigeria, Tansania, Kenia und Äthiopien) mögen den Hintergrund für den *Coup* abgegeben haben, der aus dem Amt geflohene Diktator aber hat als Student die USA kennengelernt – und kritisiert den Westen munter aus der Sicht eines von ihm favorisierten islamischen Sozialismus (eine Grundkonstellation, die Updike ähnlich in seinem 2006 erschienenen Roman *Terrorist* genutzt hat).

Der pünktlich zur neuen Dekade vorliegende dritte Band des *Rabbit*-Zyklus liefert zudem in bewährter Tradition das aktuelle USA-Porträt, dieses Mal in der Zeit der ausgehenden siebziger Jahre. Harry Angstrom ist mittlerweile, als Folge seiner Ehe, die im ersten Band durch ihn, im zweiten Band durch die Ehefrau gefährdet schien und im dritten zu halten verspricht, zu einem profitablen Autogeschäft gekommen: Er verkauft spritsparende japanische Kleinwagen. Und er wohnt immer noch in der kleinen Stadt in Pennsylvania. Daß ein Autor eine Figur, die nicht autobiographisch ist, mit sich altern läßt und sie jeweils in dem Lebensabschnitt beschreibt, in dem er sich selbst auch gerade befindet, ist eine faszinierende Idee. Aber wie konnte sich Updike noch in einem Ambiente zurechtfinden, dem er doch längst entwachsen war? Seine Antwort 1983, als der Roman *Bessere Verhältnisse* in deutscher Sprache erschien: *Ich fahre ja gelegentlich in meine Heimatstadt, wo meine Mutter lebt, ich treffe alte Freunde. Und außerdem treten gewisse kulturelle Veränderungen überall im Lande auf. Allerdings: in zehn Jahren könnte es ein Problem werden. Ich habe ein wenig Angst vor dem vierten Band.*[128]

Und der Hexen-Roman? Hier präsentierte Updike 1984 eine neue Variante seines epischen Talents, weg vom realistisch geschilderten Alltags-Amerika, hin zum verspielt Übersinnlichen – und auf dem Weg zu einem neuen Frauenbild. Alexandra, Jane und Sukie, jung, schön und alle drei ihrer Ehemänner ledig, treffen sich regelmäßig, um über Hexenkunst und die wenigen passablen Mannsbilder in Eastwick, einer typischen neuenglischen Kleinstadt, zu plaudern, besonders über jenen Unbekannten, der gerade die größte Villa im Ort gekauft hat.

Cher, Susan Sarandon, Michelle Pfeiffer und Jack Nicholson in der Verfilmung des Romans «Die Hexen von Eastwick», 1987

Wunderbar, wie eine dieser zeitgenössischen Hexen, die alle drei über einschlägige Erfahrungen als Geliebte diverser Ehemänner verfügen, sich über *dieses andere Geschlecht* lustig macht, *das sich so groß tat und so kühne, forsche Reden führte und dabei doch so schutzbedürftig war; lauter Babies in Wirklichkeit, sobald man ihnen die Brüste zum Saugen darbot oder leicht den Schoß öffnete und sie einlud: wie sie sich dann dort verkrochen, und hineinwollten, wieder zurück.*[129] Deryl van Hörne, wie der neue Bewohner der Stadt heißt, ist von anderem Kaliber als solche Langweiler, dieser Teufel kann es sich – seine drei entblößten Gespielinnen im Blick – auch leisten, die göttliche Schöpfung zu preisen; und wenn er dann das Loblied auf die weibliche Brust und die sexuelle Lust anstimmt, hört man den vertrauten Ton des gläubigen und hingebungsvollen Romanciers heraus:

Dieser hochkomplizierte Apparat aus Röhren und Leitungen, nur bei dem einen Geschlecht: um Nahrung zu produzieren, Nahrung, die weit bekömmlicher fürs Baby ist als jedes Laborgesöff. Oder die Entstehung der sexuellen Lust! Kennen Tintenfische so etwas? Plankton etwa? Die brauchen wenigstens nicht zu denken, aber wir, wir denken. Was für ein Köder mußte konstruiert werden, um uns bei der Stange zu halten! Da ist mehr eingebaut als in so ein verrücktes Aufklärungsflugzeug, das den Steuerzahler zig Millionen kostet und dann doch bloß abgeschossen wird. Angenommen, das wäre alles weggelassen: kein Mensch würde irgendwen ficken, die Art würde stehenbleiben und jeder nur noch Sonnenuntergänge bewundern und den Lehrsatz des Pythagoras.[130]

Er habe den Stoff dieses Buches lange im Kopf gehabt, erzählte Updike im Gespräch: *Um das loszuwerden, schien es mir am besten, das einfach aufzuschreiben.* Dieses Mal habe er mehr erfunden als sonst, daher sei das Buch auch kälter als die deutlicher autobiographischen.[131] Ein gelungener Wurf ist der Roman *Die Hexen von Eastwick* allerdings nicht geworden, alles daran ist eine Spur zu platt, zu explizit – und die Orgien der drei Frauen mit dem Teufel lassen so kalt, wie sich der Körper jenes Herrn angeblich anfühlt. Vielleicht war die Geschichte wirklich zu weit von der Updike-Realität entfernt. Dennoch ist dieses Buch gleich zweimal verfilmt worden, 1987 für das Kino (mit Jack Nicholson als Teufel und Cher, Susan Sarandon und Michelle Pfeiffer in der Rolle der drei Hexen) und 1992 noch einmal für das Fernsehen.

Freilich hat Updike mit den Verfilmungen seiner Bücher bisher wenig Glück gehabt. Der frühe erste Versuch, der 1970 gedrehte Kinofilm nach dem *Hasenherz*-Roman, erwies sich als finanzieller Flop mit einem Verlust von rund zwei Millionen Dollar. Noch drei Jahrzehnte später sagte Updike: *Mir taten die Filmleute leid, die sich damals wahrscheinlich zu sehr an die Romanvorlage gehalten haben.*[132] Die Verfilmung des Bestsellerromans *Ehepaare*, für den Hollywood immerhin mehrere hunderttausend Dollar gezahlt hatte, wurde nie realisiert. Und der Kinofilm *Die Hexen von Eastwick* war allzusehr auf grobe Effekte aus, oder wie Updike selbst, danach befragt, es nüchtern formuliert hat: *Die Frauen waren gut, und es gab da einige hübsche Einfälle, die nicht im Buch standen. Dann aber hat Hollywood einfach den Tod der jungen Hexe herausgeschnitten, was den Sinn veränderte: nämlich daß Frauen auch nicht die besseren Menschen sind. So bleibt nur Jack Nicholson und eine Reihe von Special effects: Alles flog in die Luft. Nein, das war kein guter Film.*[133]

Seine Romane machten Updike weltberühmt und reich, doch im Grunde fühlte er sich am wohlsten bei der kleinen Form, als Erzähler, aber auch als Lyriker, Essayist und Rezensent. In einer Note an seine deutschen Leser, 1987 verfaßt, glaubte er sogar, von sich sagen zu können, sein Bestes *im Sprint über zehn Seiten gegeben zu haben, bei der einen begnadeten Sitzung, bei der Auftragsarbeit, bei der sich wie im Fall von Aschenputtel herausstellte, daß im Verborgenen mehr Qualitäten blühten, als man vermuten konnte*[134].

In Deutschland war Updike bis Mitte der achtziger Jahre vornehmlich als Romancier bekannt und präsent. Wohl hatte es 1966 und 1971 Editionen seiner Erzählungen gegeben, doch noch keinen einzigen Lyrik- oder Essayband. 1985 kam Updike zu Besuch in das Land, dem er sich schon durch die Herkunft seiner Mutter stets verbunden gefühlt hatte. Er absolvierte nur wenige offizielle Termine – immerhin füllte er den damals beliebten und bekannten Prominentenfragebogen des «FAZ-Magazins» aus.[135] Ansonsten reiste er, wie es sein Wunsch gewesen war, viel her-

John Updike in Hamburg, 1985

um, besah sich die Schlösser, darunter Neuschwanstein. *Diese Liebe zur Märchenwelt: das haben Deutsche und Amerikaner vielleicht gemeinsam*, so hat er es später kommentiert.[136]

Bald darauf erschien nicht nur eine Auswahl neuerer Erzählungen, sondern außerdem sowohl eine Gedicht- als auch eine Essaysammlung in deutscher Sprache – und Updike schrieb jeweils ein Vorwort, speziell für sein Publikum in Deutschland. Diese drei Bände *Der verwaiste Swimmingpool*, *Gedichte* sowie *Amerikaner und andere Menschen* wurden kurz hintereinander in den Jahren 1986/87 publiziert. Zu den Erzählungen schrieb Updike, er hoffe, *daß einige deutsche Leser in diesen nordamerikanischen Haushalten und Ehen, Landschaften, Wetterlagen und Automobilen Stimmungen und Gefühle wiederfinden werden, die ihnen nicht allzu fremd sind*[137].

Der verwaiste Swimmingpool enthält 25 Erzählungen, geschrieben in den Jahren 1962 bis 1979, entnommen den Bänden *Museums and Women* (1972) und *Problems* (1979). Die Titelgeschichte führt exemplarisch die lapidare Erzählkunst dieses Autors vor. Der herrenlose Pool, Anziehungspunkt und Tummelplatz für ein grotesk zusammengewürfeltes Publikum, ist hier kein aufdringliches Symbol, sondern der ganz unspektakuläre Kristallisationspunkt der Geschichte: *Obwohl die Pumpe, die das Wasser durch den Filter sog, im Fliedergebüsch weitertuckerte, bekam der himmelblaue Pool Wolken. Die Körper toter Schmeißfliegen und Wespen befleckten die glatte Oberfläche. Ein gepunkteter Plastikball trieb in eine Ecke neben dem Sprungbrett und blieb dort liegen.*[138]

Der Swimmingpool ist verwaist, weil die Turners sich scheiden lassen wollen – ausgerechnet in jenem Sommer, als Tag für Tag die Sonne auf Connecticut brennt. Ganz unbenutzt bleibt der Pool jedoch nicht, denn die Nachbarn haben sich seiner bemächtigt. Sie behalten ihre gewohnten Besuche einfach bei, sitzen am Rand des Bassins, auch als die Turners sich kaum noch dort blicken lassen. Schon bald verschwindet die Frau mit den Kindern zu ihren Eltern nach Ohio, der Mann kommt nur noch gelegentlich auf sein Grundstück. Einmal allerdings kehrt er für eine ganze Nacht zurück in sein Haus, zusammen mit einer anderen Frau. Angesichts der unerbetenen Gäste im Garten müssen die beiden den Tag über im Zimmer ausharren: Die Scheidung läuft noch, man darf sich keine Blöße geben.

Das sind typische kleine Schlenker, Updike amüsiert sich über seine Kreaturen und zeigt gleichzeitig größtes Mitgefühl mit ihnen. Der Autor versteht es, die Verstrickungen und Verstörungen – nicht zu wenige und nicht zu viele – unaufwendig zu inszenieren. Das alles sieht so leicht gewebt aus, weil die Motive und Themen dieser Geschichten auf der Straße zu liegen scheinen: Trennungen, Scheidungen, Momente der Erinnerung; die Kinder gehen aus dem Haus; eine Zugfahrt läßt die fünfziger Jahre wieder wach werden; ein Mann hat sich zwischen der Mutter seiner Kinder und der Geliebten zu entscheiden, er legt sich die Karten, bis er in ihnen sieht, daß er sich längst entschieden hat: für die eigene Frau. Es sind erbärmliche und erbarmungswürdige Männer, Männer hinter dem Steuer auf der Fahrt in den Urlaub mit der Familie, Männer, die von ihrer Frau verlassen worden sind – wie Culp in der Erzählung *Nevada*, der während der Flitterwochen seiner Ex-Frau die beiden gemeinsamen Töchter Laura und Polly durch das Land kutschiert.

Wer könnte wie Updike über dreißig Seiten die Begegnung eines vierzigjährigen Familienvaters mit einer Prostituierten schildern? Es ist Dezember, und der Mann schleppt Weihnachtsgeschenke mit sich herum. Die Erzählung *Transaktion* führt den Beischlaf als ein lächerliches, auch peinliches Kommunikationsritual vor, dessen Regeln weder der Kunde noch die Professionelle besonders gut beherrschen. Wie von allein tauchen hinter Updikes Schilderungen der Sexualität ganz andere Themen auf: die im doppelten Sinn unfaßbaren Glücksmomente, die verrinnende Lebenszeit, der Tod. Kaum eine der Erzählungen verzichtet auf die tragischen Momente im Leben, den ins Stolpern geratenen Herzschlag; doch der Erzähler fühlt seinen Figuren den Puls nicht in spektakulären Krisensituationen, er braucht keine aufwendig konstruierten Zuspitzungen – er nimmt vielmehr die schleichenden Veränderungen wahr, die fast unsichtbaren Übergänge: *Wie selbstverständlich tauschten Fergusons Kinder ihre Zehngangräder gegen Führerscheine ein, und am Ende brauchten sie nicht einmal mehr seine Hilfe, um irgendwo hinzufahren.*[139]

Väter gibt es eine Menge in diesen Geschichten; sie werden es meist, ohne es recht zu begreifen, und fast noch schneller finden sie sich wieder verlassen von jenen Wesen, die scheinbar nur durch ihr Leben geistert, am Ende aber vielleicht doch die nächsten Vertrauten gewesen sind – oder zumindest hätten sein können. Denn der Alltag verdeckt und überrollt die möglichen Momente der Innigkeit.

Auch die Lyrik Updikes zeigt Szenen des Alltags – aufgehoben wie in einem Schnappschuß. Die Gedichte, die ihm selbst sehr am Herzen lagen, sind betont subjektiv, manchmal rein privat. Mehr noch als Erzählprosa ist Lyrik allerdings abhängig von einer möglichst präzisen Übertragung in die andere Sprache, und die ist in diesem Fall nicht immer befriedigend gelungen. Gerade ein Leser von Versen ist, wenn er das Original nicht zur Hand hat, dem Übersetzer weitgehend ausgeliefert; wird der Ton nicht getroffen, ist kaum etwas zu retten. In der deutschen Übersetzung von Updikes Gedichten gibt es eine Reihe irritierender Eigenwilligkeiten (so fehlt mitunter aus unerfindlichen Gründen der bestimmte Artikel vor einem Substantiv). Inhaltlich zu verstehen sind die Gedichte allerdings auch in der deutschen Fassung gut, es sind keine hermetischen Verse. Da viele ganz ungeniert und ungeschminkt autobiographisch daherkommen, ist aus ihnen manches über Updikes Privatleben zu erfahren – über die Angst in einem kleinen zweimotorigen Flugzeug (*Flug East Hampton – Boston*) oder über den Tag vor der Scheidung, als er zusammen mit den Kindern einen Ausflug zu einer Mülldeponie macht und angesichts der Abfallberge über die Möglichkeiten des Bewahrens und Aufbewahrens nachsinnt (*Meine Kinder bei der Müllkippe*) oder auch einfach über einen Tag daheim (*Ein merkwürdig angenehmer Tag allein*):

> *Das Buch war gut. Das Bett war warm.*
> *Doch jede Stunde schien ein Gummiband,*
> *das Gottes Finger in die Länge zogen,*
> *gedankenverloren da an seinem Schreibtisch.* [140]

Wer es in seinen Romanen und Erzählungen überlesen haben sollte, der wird hier mit der Nase darauf gestoßen: Updike ist ein gläubiger Mensch. Das führt bei ihm freilich nicht zu einer Verengung des Gesichtsfeldes, sondern zu einer hellen Wachheit – Gläubigkeit als Demut. Diese Demut geht einher mit der für einen Schriftsteller ganz unentbehrlichen Gabe: der Fähigkeit zu staunen. So kommt es zu Zeilen wie diesen (aus der *Ode an das Wachstum*):

> *Unser Altern ist ein Geheimnis so wie der Schlaf:*
> *die Protein-Codes, verzwicktere Abwicklungen*
> *als die Konten von tausend Schein-Konzernen,*
> *behalten noch immer ihr Schmugglergeheimnis für sich.* [141]

Formal zeigen die Gedichte, geschrieben innerhalb von drei Jahrzehnten, zwischen 1954 und 1984, kaum Veränderungen, inhaltlich gibt es eine spürbare Verlagerung auf letzte Fragen. Dabei beweisen auch die jüngsten in die Sammlung aufgenommenen Texte einen gewissen Mut zur Naivität, wie die *Sieben Oden an sieben natürliche Prozesse 1984* (gemeint sind hier die Fäulnis, die Verdunstung, das Wachstum, die Erosion, die Entropie, die Kristallisation und das Heilen).

Updike, der die Zusammenstellung seiner *Gedichte* selbst übernahm, wählte Beispiele aus seinen fünf bis dahin erschienenen Lyrikbänden aus: *The Carpentered Hen* (1958), *Telephone Poles* (1963), *Midpoint* (1969), *Tossing and Turning* (1977) und *Facing Nature* (1985). Er entschied sich vornehmlich für solche Gedichte, *die mir am liebsten sind und von denen ich annehme, daß sie sich gut ins Deutsche übersetzen lassen*[142]. Die freizügigsten Verse aus seinem Lyrikband *Tossing and Turning* enthält er seinen deutschen Lesern allerdings vor, so die Loblieder auf das weibliche Geschlechtsorgan (mit Titeln wie *Cunts, Pussy*) und eine Verszeile wie: *We must assimilate cunts to our creed of beauty* (etwa: Wir müssen Mösen in unseren Glauben an das Schöne aufnehmen).[143]

Der Essayband *Amerikaner und andere Menschen* bietet Feuilletons, kleine Charakterskizzen, Reportagen, Selbstkommentare und – am umfangreichsten – literaturtheoretische Aufsätze und

Kritiken. Updike verfaßte in den achtziger Jahren immer noch Monat für Monat eine Rezension für den «New Yorker» (womit er 1960 begonnen hatte): Er ist ein profunder Kenner nicht nur der amerikanischen, sondern auch der europäischen Literatur. Besprochen werden Briefbände von Kafka, Joyce und Hemingway, Bücher von Bellow, Calvino, Kundera, von Böll, Grass und Bruno Schulz, porträtiert werden die amerikanischen Klassiker Hawthorne, Melville und Whitman – all diese Texte lassen einen Profi erkennen, dessen Lese- und Schreibroutine ihm nichts von seiner Neugier genommen hat. Und er scheute sich keineswegs, dem berühmten Kollegen Grass 1980 die Leviten zu lesen; über dessen Erzählung «Kopfgeburten» schrieb er: *Man kann sich nur schwer einen amerikanischen Schriftsteller von vergleichbarem Ansehen vorstellen, der ein thematisch so unbekümmertes und inhaltlich derart krauses Buch herausbrächte.*[144] Updikes literaturtheoretische Texte sind seinem 1983 erschienenen Essayband *Hugging the Shore* entnommen (der freilich etwa den dreifachen Umfang hat). Gegen die Auswahl ist wenig zu sagen – um die grundlegenden Arbeiten über Joyce und Kafka, über Dostojewski, Hamsun und Proust zu lesen, muß man allerdings weiterhin zum Original greifen.

Günter Grass, 1973

Besonders spannend zu verfolgen ist Updikes Besprechung zweier Biographien, die sich den Theologen Karl Barth und Paul Tillich widmen. Daß es diese Chefdenker des Protestantismus mit der ehelichen Treue nicht so genau nahmen, mußte ihn natürlich über die Maßen faszinie-

> «John Updike versieht seit Jahr und Tag das Amt des Hauptkritikers für den ‹New Yorker›, und er wendet an diese Arbeit gewissenhaften Fleiß.»
> **Klaus Harpprecht, 1982**

ren. Der Schnittpunkt von Glaube und Eros stand immer schon im Zentrum seines Interesses, und nur auf den ersten Blick verblüfft eine Überlegung, die er in einer Rezension anstellt: *Kann es einen psychologischen Roman ohne religiöses Bewußtsein geben? Oder, um es andersherum zu formulieren: Sind es menschliche Seelen überhaupt wert, daß man von ihnen liest, wenn es keine Sünde gibt?*[145]

Er mißtraue Büchern *mit spektakulären Menschen oder Ereignissen*, bekennt Updike in einem Selbstinterview. *Literatur sollte sich wie die Evangelien mit dem Inneren derer beschäftigen, die im Verborgenen leben. Das kollektive Bewußtsein, das einmal beim Edelmann zu finden war, muß sich jetzt mit dem Durchschnittsbürger zufriedengeben.*[146] Als Updike im April 1982 den American Book Award für seinen Roman *Bessere Verhältnisse* entgegennahm, gab er in seiner Dankrede ein paar Beispiele von Publikumsreaktionen auf diesen Roman zum besten. So sei er mehrfach darauf hingewiesen worden, daß die Frau des Helden, Janice, *kein Maverick-Cabrio fahren kann, wie ich es ihr zuschreibe, weil die Ford Motor Company ein Maverick-Cabrio nie gebaut hat.* Er versprach, rechtzeitig zur Taschenbuchausgabe Janice mit einem Mustang-Cabrio auszustatten. Solche Beckmessereien sind der Preis dafür, daß ein Autor seine Geschichten in überschaubaren und überprüfbaren Verhältnissen ansiedelt.

Mit diesen drei Sammelbänden in deutscher Sprache wurde Updike hierzulande endlich mit der großen Bandbreite seines Schaffens erkennbar. Auch jene Geschichten, die seinem Alter ego Bech gewidmet sind, gab es mittlerweile für deutsche Leser. Die beiden Bücher *Bech: A Book* (1970) und *Bech is Back* (1982) waren 1984 unter dem Titel *Henry Bech* herausgekommen, allerdings in einer Taschenbuchausgabe, weswegen die Bech-Geschichten wenig wahrgenommen wurden. Es sollte im übrigen noch Jahre dauern, bis auf Deutsch erstmals eine Sammlung von Updike-Erzählungen in jener Vollständigkeit und Anordnung erschien, die dem Original entsprach: Der 1987 publizierte Band *Trust Me* kam 1990 unter dem Titel *Spring doch!* heraus.

Die Erzählungen nicht nur aus diesem Band zählen zweifellos zum Besten, was der Schriftsteller, was die Gegenwartsliteratur überhaupt zu bieten hat. Updike selbst hat im Gespräch er-

John Updike mit Fritz J. Raddatz, Inge Feltrinelli und seinem deutschen Verleger Heinrich Maria Ledig-Rowohlt in Lavigny/Schweiz

klärt: *Mancher meint, sie seien besser, in ihnen stecke mehr von mir als in den Romanen. Vielleicht ist das so. Ich beklage mich nicht, wenn es so ist. Ich habe eine ganze Menge davon geschrieben und viel von mir hineingepackt. Und sie haben mich von meinem 23. Lebensjahr an ernährt [...], die Romane sorgen erst für meinen Lebensunterhalt, seit ich vierzig bin. Fünfzehn Jahre lang war ich in erster Linie ein Autor von Short stories. Es macht Spaß, sie zu schreiben, die Short story ist eine elektrische Form wie das Gedicht. Man merkt, wenn die Sache rund ist. Ein Roman ist immer unvollkommen.*[147]

Das Gottes- und das Schreibprogramm

Viele Schriftsteller der Vereinigten Staaten haben immer wieder gern über das geschrieben, was in Amerika kurz und bündig als «post-pill licentiousness» bezeichnet wird: die «Zügellosigkeit» nach Einführung der Pille. Und das anschaulicher, ernsthafter, vielleicht auch monomaner als die europäischen Autoren, zumal die deutscher Sprache. Die Veränderungen in der Sexualmoral der sechziger und siebziger Jahre fanden gerade in jener Literatur ein starkes Echo, die von ihrer Tradition her (bis weit ins 20. Jahrhundert hinein) eher prüde gewesen ist: Je stärker das Tabu, desto größer die Lust, es zu brechen. Updike hat es im Gespräch so erklärt: *Europa hat immer eine Art Realismus in sexuellen Dingen gehabt. Man war deutlich, ohne es besonders hervorzuheben. Denken Sie an Madame Bovary. Es ist doch recht eindeutig, worum es da geht. In der amerikanischen Literatur war das ganz anders: ein Teil des puritanischen Erbes, nehme ich an. Und als wir dann Sexuelles beschrieben, revoltierten wir gegen dieses Erbe.*[148]

> «Bedenkt doch, daß der Held des Westerns nie das Mädchen küßt und daß ein Meisterwerk unserer Literatur von dem misogynen Knaben Huck Finn handelt und ein anderer von einem Walfisch.»
> Eleanor Parenyi

Updike, der literarische Spezialist für die Liebe jenseits der Monogamie, für die heimlichen Stunden im Motel, im Auto oder am Strand, hat allerdings beim Beschreiben derartiger Aktivitäten eines stets beherzigt: Zum Ehebruch gehört bei ihm immer auch die Eifersucht hinzu, zur Verzückung die Verzagtheit, zum Orgasmus die Ohnmacht der Gefühle. An Deutlichkeit lassen diese Passagen dennoch wenig zu wünschen übrig. *Ich denke, wenn man es überhaupt macht, sollte man es ordentlich machen*, sagte Updike 1986 anläßlich des Erscheinens seines zwölften Romans *Roger's Version* in einem Interview, das in «The Literary Review» zu lesen war. *Die Viktorianer und viele moderne Schriftsteller haben das Gefühl, man müsse das alles nicht ausführlich schildern, da jeder-*

mann ganz genau wisse, was sich abspielt. Aber die Persönlichkeit der Menschen zeigt sich beim Sex genauso wie anderswo. Es ist wichtig zu wissen, wie sie sich dabei verhalten. Es gibt ein gewisses Ausmaß an eigenartigem Sex in diesem Buch, denn es ist eigenartig, mit welcher Begeisterung Roger sich den Ehebruch seiner Frau mit diesem jungen Mann vorstellt und ausmalt.[149]

In der Tat: eigenartig ist das schon, was dieser Roman zu bieten hat und was der Held Roger Lambert anstellt – und von ganz neuer Qualität bei Updike. Zum ersten Mal wird in einem Roman von ihm nicht so sehr sexuelle Realität, sondern vordringlich sexuelle Phantasie abgebildet: Das meiste spielt sich im Kopf des Helden ab. Der Titel heißt nicht zufällig *Roger's Version*: Was zu lesen ist, gibt die Sicht des Theologieprofessors Lambert auf diesseitige und jenseitige Belange wieder. Auch bei der deutschen Ausgabe, die zwei Jahre später erschien, ist der Originaltitel als Zusatz zum deutschen Titel geblieben: *Das Gottesprogramm – Rogers Version.*

Schauplatz des Romans ist eine namenlose Universitätsstadt in Neuengland (Boston und Cambridge haben gleichermaßen Modell gestanden) im Jahre 1984, dem Jahr der Wiederwahl des US-Präsidenten Ronald Reagan. Lambert, Anfang Fünfzig, hat sich mit Gott und der Welt eingerichtet. Er fühlt sich wohl an der theologischen Fakultät. Die christlichen Irrlehren sind sein Thema. Früher einmal ist Lambert Pastor gewesen, doch dann trat die rothaarige Esther in sein Leben, das heißt zunächst trat sie in den Chor ein, und er konnte ihr nicht widerstehen. Die Folgen: ein Skandal in der Gemeinde, Scheidung von der ersten Frau, Schluß mit der praktischen Seelsorge.

Vierzehn Jahre sind seitdem vergangen. Lambert führt mit Esther eine nicht besonders aufregende Ehe, sie haben zusammen einen nicht besonders aufgeweckten Sohn und leben als Professorenfamilie in einer nicht besonders auffälligen, von Esthers Vater mitfinanzierten Villa. Da erscheint eines Tages der junge Dale Kohler in Lamberts Sprechstunde, um sich für ein Stipendium zu bewerben. Er ist keine besonders attraktive Erscheinung, picklig und schmuddelig – so jedenfalls sieht ihn unser Gewährsmann, der Ich-Erzähler Lambert. Dale, der sich mit

Computern auskennt, möchte auf einem Großrechner anhand von naturwissenschaftlichen Daten und mit Hilfe der neuesten mathematischen Methoden den Nachweis dafür erbringen, daß die Schöpfung kein Zufall ist, daß die Evolutionstheorie kaum etwas erklärt und daß sich hinter allem eine Intelligenz verbirgt.

Der erste Abschnitt und auch noch spätere Teile des Romans bestehen fast ausschließlich aus dem Dialog der beiden – aus einem Disput, vollgepackt mit Informationen über Genforschung und Physik, Computertechnik und Theologie. Lambert empfindet Dales Vorhaben geradezu als abstoßend. «*Wenn Er allmächtig ist*», sagt der geschulte Theologe zu dem jungen Mann, «*so scheint es mir durchaus in Seiner Macht, sich auch weiterhin zu verstecken.*» Er fragt Dale, ob es nicht etwas ketzerisch sei, *die Tatsache Gottes mit einer Menge anderer Tatsachen in einen Topf zu werfen*. Für Ketzer freilich hat er eine Schwäche, und noch etwas läßt ihn in seiner Abwehr schwankend werden: Sein Gegenüber glaubt offenbar tatsächlich an Gott. Dale hält dem Professor Zynismus vor – und Feigheit. Er betreibe in seinen Seminaren nicht Religion, sondern Soziologie. Dale sagt: «*Weil Sie Angst haben. Sie wollen nicht, daß Gott sichtbar wird.*» Der Student verkörpert für Lambert die Naivität und Provokation der Jugend.

Eingeführt hat sich Dale als Freund von Verna, der knapp zwanzigjährigen Tochter von Lamberts Halbschwester. Das Mädchen wohnt mit ihrem nichtehelichen Mischlingskind schon des längeren am anderen Ende der Stadt, ohne daß Lambert sich bisher um sie gekümmert hat. Nun kommt er nicht mehr umhin, sich auch dieser Herausforderung zu stellen: dem sozialen Milieu, in dem Verna lebt, und der erwarteten erotischen Herausforderung. Verna, die ihn Nunc nennt, was eine Slang-Variante von Onkel («uncle») darstellt, ist nicht zimperlich. Sie sagt zu ihm: «*Du bist ein komischer Heiliger, Nunc, willst nicht vögeln, willst nicht sterben. Was willst du eigentlich?*»[150]

Während der Geistliche in dem Roman *Der Sonntagsmonat* noch *ein ziemlich fröhlicher Sünder* gewesen ist, hat der Theologe im *Gottesprogramm* die Lust am realen Sex verloren. Er begehrt Verna, aber er flieht sie: *Seit sie ihre Einladung zu gemeinsamer*

Nacktheit ausgesprochen hatte, war ich bestürmt worden von bohrenden Gedanken an AIDS, Herpes, an den Mann vor der Tür, der mit erhobener Faust zurückkehren konnte, an den Berg von körperlicher Leistung, den ich erklimmen sollte, an mein schwaches, unzuverlässiges, dreiundfünfzigjähriges Fleisch, an die Verhöhnung, die ich von seiten dieses flatterhaften Teenagers riskierte.[151]

Updike, der bei der Niederschrift des Romans in etwa so alt war wie seine Figur, läßt Lambert an dieser Stelle eine Fußnote setzen: *In und ab einem bestimmten Alter ist der beste Sex der Sex im Kopf – Sex, der unter dem sicheren Verschluß der Hirnschale bleibt.* Das ist eine schöne und originelle, wenn auch sehr freie Übersetzung, bei der eine Nuance verlorengeht; im Original heißt es an dieser Stelle: *At a certain age and beyond, the best sex is head sex – sex kept safe in the head.* Da klingt deutlicher Lamberts Angst vor Aids («Safer sex») an.[152]

Was genau spielt sich bei Lambert unter der Hirnschale ab? Gerade noch studiert der Theologe Tertullians «De resurrectione carnis» im Original, sinnt der theoretischen Frage nach, ob die Seele nicht alle Eindrücke nur «per carnem», also durch das Fleisch, aufnehmen könne und ob somit nicht die Seele dem Fleische untertan sei – da lehnt er sich zurück, des Übersetzens müde, und vor seinem inneren Auge beginnt ein Film anzulaufen. *Ich sah einen weißen Schaft vor mir: makellos, gespannt, mit schwach durchscheinenden, breiten blauen Venen und deutlicheren, dünnen purpurnen Arterien, darüber ein rosigmalvenfarbener Kopf, vom*

Der antike Theologe Tertullian (um 160 – 220 n. Chr.) in einem Farbstich aus dem 16. Jahrhundert

Schöpfer wie die Kappe eines Pilzes auf den geschwollenen Stamm gesetzt, nur wenig umfangreicher, nur mit einer schmalen Lippe oder wulstigen Traufe, der corona glandis, das bläulich-gestraffte Restgewebe überhängend, an dessen Stelle einst eine heidnische Vorhaut war. Bevor noch recht klar wird, daß hier – mit Updikescher Präzision und Ironie – von einem Phallus die Rede ist, und zwar von einem ganz bestimmten, dem des jungen Dale nämlich, ist auch schon Lamberts Ehefrau ins Blickfeld geraten: *Esthers Gesicht, beflissen und entrückt, neigt sich herab, riesig wie auf einer Kinoleinwand, um den bitteren Nektar zu trinken und ihre Lippen so weit als möglich an dem Schaft hinuntergleiten zu lassen, wieder und wieder.*[153]

Genauer hat der Romancier seine literarisch favorisierte Form der Sexualität, die Fellatio, kaum je beschrieben – freilich auch nie kühler und befremdlicher. Offenbar handelt es sich hier um eine bewußt pornographische Inszenierung, etwa bei der Ejakulation des Jungen: *Und als der erste Schwall hervorbricht, wie in Zeitlupe in einem pornographischen Film, muß sie es in sich spüren, muß es in sich aufnehmen, all dieses schockierend reine Weiß.* Wie in Zeitlupe: Ein alternder Mann stellt sich vor, daß seine Frau mit einem Jüngeren schläft, in Gestalt eines Pornos. Doch auch Phantasie verlangt Sorgfalt, fast will es der Kopfakrobat schon mit einem *Sie ziehen sich aus, sie vögeln* bewenden lassen, da ruft er sich zur erzählerischen Ordnung: *Aber erst – wartet, willige Worte! – küssen sie sich.* Und dann wird der Sexualakt doch noch von A bis Z durchbuchstabiert.[154]

Updike ist ein durchtriebener Erzähler. Die Realität hat für seinen Theologieprofessor immer neue Überraschungen bereit – besonders bei der langsamen Annäherung an Verna. Dem ersten Besuch geht ein unendlich retardierter, sorgsam beschriebener Fußmarsch Lamberts quer durch die Stadt voraus: eine Milieustudie anhand von Passanten, Läden, Straßenecken und Autos. Später wird er nicht nur für den Vater von Vernas kleiner Tochter gehalten, sondern muß auch noch in der Kinderklinik als vermeintlicher Mittäter einer Kindsmißhandlung Fragen über sich ergehen lassen, als er die junge Mutter zu einer Abtreibung begleitet. Und wie zur Wiedergutmachung verführt ihn Verna am Ende schließlich doch. *Was folgte, ist in meinem verzerrenden Ge-*

dächtnis weniger scharf gespeichert als die vielen ausgemalten Ehebrüche meiner Frau mit Dale, heißt es in Lamberts Bericht.[155]

Bis zum Schluß bleibt offen, was Realität, was Phantasie ist, ob der junge Computerfreak Dale wirklich ein Verhältnis mit Lamberts Frau hat oder gehabt hat (auch wenn die Anzeichen sich mehren); gleichzeitig nähert sich der Ich-Erzähler Lambert immer mehr einem allwissenden Erzähler an – und macht dadurch die Frage nur unausweichlicher: Kann man seiner Version der Geschichte überhaupt trauen? Das ist eine der vielen Paradoxien, vielleicht die eigentliche Pointe dieses Romans: Die lange vorbereitete und vom Protagonisten so gefürchtete wie ersehnte erotische Begegnung mit Verna ist kurz und flüchtig, während jede Phantasie des Helden, jedes erotische Hirngespinst höchst ausführlich und lebendig beschrieben wird. Sexualität nur noch als Imagination, als Fiktion?

Das Gottesprogramm ist ein düsterer, melancholischer Roman; ein Spiel mit Himmel und Hölle zwar, aber das vermag nicht zu verdecken, daß hier immer wieder vom Versagen des Mannes die Rede ist. Sind all die sexuellen Bilder in Lamberts Kopf nicht Ausgeburt eines großen Schuldgefühls – wegen des Ehebruchs, mehr aber noch wegen seiner Kälte gegenüber der eigenen Ehefrau? Wünscht Lambert sich den Ehebruch von Esther nicht geradezu herbei? Oder versucht er vielmehr, sie mit fremden Augen, mit denen eines anderen zu sehen, sie gewissermaßen mit einem verjüngten und kräftigen Körper noch einmal so zu begehren wie einst? Dann wäre Dale nichts anderes als die Verkörperung der Wünsche nach neuer Lebensfreude, frischer Glaubenskraft und jugendlicher Begeisterungsfähigkeit. Eine Art Metamorphose und erotischer Anverwandlung. Lambert setzt also nicht nur seinen Kopf auf die Fährte des jungen Mannes, sondern er verwandelt sich selbst in ihn, schlüpft gewissermaßen mit dessen Körper ins Bett der eigenen Frau und sitzt mit dem anderen gemeinsam am Bildschirm, auf der Suche nach Gott. So verstanden ist Rogers Version tatsächlich ein Gottesprogramm – Vater, Sohn und Heiliger Geist: Roger ist der Gott der Erzählung, Dale seine Fleischwerdung und VAX 8600, der Computer, ihr gemeinsames Medium.

Als Updikes Roman *Das Gottesprogramm* 1988 auf deutsch herauskam, trafen wir uns in New York zu einem Gespräch im Auftrag des ZDF. Auf seinen Wunsch hin wurden die Aufnahmen im Hotel Algonquin gemacht, in dem er sich immer besonders wohl gefühlt hat und wo sich in früheren Jahren regelmäßig die Redakteure und Mitarbeiter des «New Yorker» getroffen hatten. Und Mitte der fünfziger Jahre, noch kaum in Manhattan heimisch geworden, war der junge Updike in der Lobby sogar dem von ihm verehrten J. D. Salinger begegnet, *einem ungemein gutaussehenden großen Mann, der sich noch nicht von der Welt zurückgezogen hatte.* Beide Autoren waren damals von den Redakteuren William Shawn und Katharine White zu einem gemeinsamen Essen geladen worden.[156]

Updike lebte damals seit knapp sechs Jahren zusammen mit seiner Frau Martha in dem prächtigen, versteckt gelegenen Haus in Beverly Farms und schirmte seine Privatsphäre zunehmend ab. Der Gesprächstermin 1983 bei ihm daheim war eine Ausnahme, grundsätzlich traf er sich zu Interviews lieber außerhalb seiner vier Wände. Während unseres Gesprächs im Hotel Algonquin legte er Wert auf die Feststellung, daß er glücklich verheiratet und *längst nicht mehr sehr aktiv in das amerikanische Sexualleben involviert* sei[157]. So hemmungslos und erkennbar er seine erste Ehe (und damit die Mitglieder seiner Familie) zum Gegenstand literarischer Werke gemacht hatte, so deutlich schützte er nun die zweite Frau, deren Einfluß auf seinen Lebensstil umgekehrt schnell sichtbar wurde.

Updike war Mitte Fünfzig, rauchte und trank nicht mehr – und achtete auf seine Figur. *Was bleibt da noch?* scherzte er. Ob ihm sein Arzt dazu geraten habe? Nein, sagte er, seine Frau; sie habe mit dem Rauchen aufgehört, also habe er mitgemacht. Die Besuche in New York seien seltener geworden, er wolle anderntags mit einem Sohn seiner Frau reden und außerdem seinen Verleger treffen. Dann sprach er mit großer Konzentration über den Grundeinfall seines *Gottesprogramms*, über die Entstehung des Romans: *Ich kam auf die Idee, nachdem ich Besitzer eines Textcomputers geworden war. Als ich den eines Tages abschaltete, erschien ein merkwürdiges Durcheinander von Zahlen auf dem Bildschirm – der*

John Updike im New Yorker Hotel Algonquin während eines Fernsehinterviews mit dem Autor, 1988

Apparat war nicht ganz in Ordnung. Es sah aus wie ein geheimnisvoller Code, irgendeine Nachricht, und dann tauchte da sogar ein Gesicht auf – jedenfalls sah ich für eine Minute eine Art Gesicht. So kam mir die Idee vom Computer, der das Geheimnis der Existenz Gottes birgt. Dem Autor leuchtete die Interpretation, daß die beiden männlichen Protagonisten – der alte Roger Lambert und der junge Dale, der skeptische Theologe und der feurige Gottsucher – eigentlich ein und dieselbe Person seien, sofort ein. *Ja, das sind zwei Versionen desselben Mannes in verschiedenen Lebensaltern: Es handelt sich um einen Mann, der mit sich selber spricht.*

Ehebruch ist stets das eigentliche Zentrum von Updikes Werk gewesen: die mit Schuldgefühlen belastete Übertretung. *Ich bin immer wieder auf den Ehebruch zurückgekommen, weil ich mich für den Verrat interessiere. In uns gibt es so etwas wie eine Innen- und Außenseite: Nach außen hin jedenfalls sind wir höflich und liebenswürdig. Der Ehebruch ist der Augenblick, wo wir eine Grenze überschreiten. Unser Ich wird in gewisser Weise revolutionär. Ehe-*

bruch, besonders vom weiblichen Standpunkt aus gesehen, ist die Aufhebung eines Gesellschaftsvertrags. Man traf eine Vereinbarung, um eine gesellschaftliche Einheit zu schaffen, eben ein Paar, dann Kinder und zuletzt eine Familie. Der Ehebruch bedroht dies alles [...]. Ohne Sexologe sein zu wollen, glaube ich, daß der Ehebruch größtenteils eine Rückkehr zum Ehepartner ist. Sexuelle Abenteuer sind so etwas wie ein Umweg zur Ehe.

Und wie steht es mit dem Sex im Kopf, der nach Ansicht seiner Romanfigur Lambert von einem gewissen Alter an der beste Sex sei? *Ich denke, wenn er das sagt, fühlt er sich vielleicht nicht gerade impotent, aber er hat das Gefühl, Sex verunreinige gewissermaßen die gesellschaftliche Ordnung, natürlich auch den Körper. Trotzdem: er hat den Sex ausgekostet. Ich weiß nicht, ob ich das unterschreiben würde, daß der beste Sex der im Kopf sei. Gewiß kommt man in das Alter, wo der Sex hauptsächlich im Kopf stattfindet. Roger weiß das natürlich. Unter anderem ist mein Roman auch ein Buch über das Klimakterium des Mannes. Roger ist nicht mehr sehr jung, auch seine Ehe ist nicht mehr jung. Er stellt sich den Ehebruch mit der jungen Geliebten gern vor, ich habe es gern geschrieben.*

Er fügte gleich hinzu: *Wir mögen den Sex im Kopf, weil es beim wirklichen Sex um eine reale Person geht, um reale Probleme, um schwierige Situationen, um Zeitdruck, Magenknurren und alles mögliche. Im Nebenzimmer läuft eine Fernsehsendung etc. Wenn man das alles wegläßt, wie es die Literatur tut, wird der Sex in gewisser Weise ideal [...]. Im Grunde mögen wir Sex im Kopf lieber als den realen, glaube ich. In der Literatur wird Sex ohnehin ideal. Wenn Roger Lambert sich seine Frau beim Ehebruch vorstellt, ist das aufregend für ihn und für mich.*[158]

Die großen klassischen Ehebruchsepen entstammen der zweiten Hälfte des 19. Jahrhunderts; im Mittelpunkt dieser Gesellschaftsromane steht die Untreue der Frau: das ist in Gustave Flauberts «Madame Bovary» (1857) und Lew Tolstojs «Anna Karenina» (1873/76) nicht anders als in Theodor Fontanes Romanen «Effi Briest» (1895) und «L'Adultera» (1882) – oder in Nathaniel Hawthornes «Der scharlachrote Buchstabe» (1850), einem der frühen bedeutenden Werke der amerikanischen Literatur. Bis hin zur Namensgebung der Figuren liebäugelt Updikes

Gottesprogramm mit diesem Roman «The Scarlet Letter», der im Boston des 17. Jahrhunderts spielt und in dem einer Ehebrecherin ein großes «A» (für «adulteress», Ehebrecherin) ans Kleid geheftet wird. Deren Mann spioniert unter falschem Namen (Roger Chillingworth) dem jungen Pfarrer Dimmesdale nach, der erst am Schluß eingesteht, der Vater der kleinen Tochter von Hester Prynne, der Romanheldin, zu sein.

Der Schriftsteller Nathaniel Hawthorne (1804–1864)

Drei Romane Updikes beziehen sich deutlich auf Hawthornes Roman: zunächst *Der Sonntagsmonat* (1975), in dem die Adressatin der verführerischen Tagebuch-Beichte denselben Nachnamen wie Hester hat (Mrs. Prynne), *Das Gottesprogramm* (1986) und schließlich *S.* (1988). Von der Updike-Forschung werden die drei Bücher gern als «Scarlet Letter Trilogy» zusammengefaßt. Der Buchstabe «S» im Titel von Updikes 13. Roman steht für Sarah Worth, eine 42 Jahre alte Frau aus Neuengland, die ihren Ehemann verläßt, um sich in Arizona einer religiösen Sekte anzuschließen und die Geliebte des Anführers zu werden. Ein moderner Briefroman: auf Postkarten und Tonbändern erklärt sich die Ehemüde – gegenüber der Tochter, dem Mann, der Mutter, dem Psychiater und sogar dem Zahnarzt daheim.

Was reizt Updike an Hawthornes Roman? *Was mich an Hawthorne vor allem interessiert, das ist die Elektrizität, die emotionale Spannung, nicht nur zwischen der Ehefrau und dem Liebhaber sowie zwischen Ehefrau und Ehemann, sondern auch zwischen dem Ehemann und dem Liebhaber. Etwas passiert auf jeder Seite des Dreiecks, das ist es, was ich zeigen wollte.*

Er fürchte zwar, das deutsche Publikum *mit diesem verstaubten amerikanischen Klassiker zu langweilen*, sagte Updike vor laufender Fernsehkamera, aber es gebe da einen spannenden Moment in diesem Roman: *Das ist der Moment, wo der Ehemann zurückkehrt. Er war lange fort, und während seiner Abwesenheit hat Hester eine Liebesaffäre mit dem Geistlichen Dimmesdale (aus dem bei mir Dale wird). Er kommt also zurück und ist seiner Frau nicht besonders böse, denn er weiß, daß er ein älterer Mann ist und sie nicht mehr befriedigen kann. In Wahrheit hat er sie nie besonders gut befriedigt. Trotzdem ist er wütend auf den Unbekannten, er macht ihn ausfindig und klammert sich gewissermaßen an ihn. Ich glaube, dieses Gefühl des Klammerns steckt auch in meinem Buch. Sie kommen nicht voneinander los; da spielt sich untergründig etwas zwischen den beiden ab.*

Ein Jahr nach diesem Gespräch, 1989, erschien in den USA unter dem Titel *Self-Consciousness* (*Selbst-Bewußtsein*, 1995) eine Sammlung von sechs in sich weitgehend geschlossenen autobiographischen Texten. Der Bogen reicht von der Kindheit in Shillington bis in die Gegenwart des Schreibens, Ende der achtziger Jahre, wo er erste Alterserscheinungen an sich beobachtet. Auch wenn es auf den ersten Blick paradox erscheinen mag: Selbst diese Memoiren in Essayform sind als Versuch zu werten, das eigene Leben abzuschirmen. Updike zeigt, was ihm selbst an seinem Leben interessant erscheint – und natürlich, wie er in der Öffentlichkeit gern gesehen werden will. Das heißt nicht, daß er sich und seine Person schont, ganz im Gegenteil. So freut er sich rührend über einen gelungenen ehelichen Beischlaf, *rundum erfolgreich*, was in seinem Alter – er ist da Ende Fünfzig – nicht mehr selbstverständlich sei.[159] Und er stellt fest: *Wenn wir alt werden, zieht es uns ins Freie; nach dem erwachsenen Berufs- und Liebesleben in geschlossenen Räumen, nach dem Bemühen um Eleganz wollen wir zu den bescheidenen Einfachheiten, von denen wir dachten, wir seien ihnen als Kinder entwachsen.* Er trage jetzt, wie einst sein Vater, gern den ganzen Winter über eine Strickmütze auf dem Kopf – *und wenn meine Frau sich auch beschwert, ich sähe töricht damit aus, entdecke ich*

> *Was ich hier geschrieben habe, gibt sich alle Mühe, wahr zu sein, und es ist dennoch nicht wahr genug. Wahrheit findet sich in Anekdoten, in Geschichten, im behaglichen undurchsichtigen Alltäglichen.*
> John Updike, «Selbst-Bewußtsein»

John Updike
mit seiner
Mütze,
etwa 1994

doch, was auch mein Vater für sich entdeckte: es tut nicht weh, macht manchmal sogar Spaß, töricht auszusehen.[160]

Zwei Kapitel beschäftigen sich speziell mit seinen körperlich-psychischen Beschwerden: der Hautkrankheit zum einen, der Neigung zum Stottern zum anderen. Und wie um das ein wenig auszugleichen (oder nicht als undankbar zu erscheinen), erlaubt sich Updike auch einmal eine kleine Koketterie: *Meine Augen waren scharf, meine Beine beweglich, mein Genitalapparat funktionierte einwandfrei – ich war in keinerlei Hinsicht ernsthaft eingeschränkt.* Natürlich finden sich in diesem Buch, verstreut über die Seiten, viele pointierte Beobachtungen und Gedanken über den eigentlichen Motor seines Lebens, das Schreibprogramm. Deutlich wird noch einmal die enge Verquickung von Demut

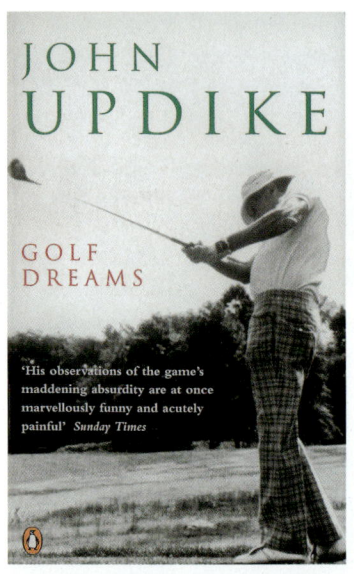

Updike war ein passionierter Golfspieler. Diesem Hobby widmete er auch verschiedene Texte, die 1996 gesammelt in dem Band «Golf Dreams» erschienen. Das Cover einer Taschenbuch-Ausgabe zeigt ihn beim Abschlag.

vor dem Lebendigen und dem tieferen Antrieb seines Tuns: *Nachbilden bedeutet preisen. Im Beschreiben äußert sich Liebe. Diese selbstrechtfertigende dunkle Ahnung hatte ich schon früh [...]. Das bißchen Glauben, das ich habe, hat mir gegeben, was ich an künstlerischem Mut habe. Meine Theorie war, daß Gott schon alles wisse und nicht erschüttert werden könne. Und nur die Wahrheit ist nützlich. Nur auf die Wahrheit kann man bauen. Von einem höheren, unmenschlichen Standpunkt aus gesehen, ist nur die Wahrheit heilig, wie unangenehm sie sein mag.*[161]

Schreiben und das Geschriebene der Öffentlichkeit zu präsentieren verlor für ihn niemals seinen Reiz, es gab ihm ein Gefühl von Geborgenheit. *Sich im Druck zu befinden, das bedeutete, gerettet zu sein. Und bis zu dieser Stunde gilt: ein Tag, an dem ich nichts Druckbares verfaßt [...] habe, ist für mein Gefühl ein verlorener, ein verdammter Tag.*[162] Und so saß Updike, als der Memoiren-Band erschien, längst schon am vierten Band des *Rabbit*-Zyklus, damit der Roman *Rabbit at Rest* rechtzeitig zum Auftakt der neunziger Jahre erscheinen konnte.

Rabbit kommt (nicht) zur Ruhe

Auf seiner letzten Autofahrt hört Harry Angstrom Radio. Er hört die Lieder seiner Jugend noch einmal, die nun Oldies genannt werden. Und er hat plötzlich das Gefühl, betrogen worden zu sein. Auch die alten Songs sind nicht besser als das Zeug, *mit dem die hirnlose Jugend von heute sich zudröhnt*. Er fährt – im Herbst 1989 – mutterseelenallein von Pennsylvania, wo er verwurzelt ist und die meiste Zeit seines Lebens verbracht hat, nach Florida. Unterwegs nimmt er kuriose Nachrichten aus dem fernen Europa auf: *Horden von Ostdeutschen in Ungarn, darauf wartend, daß sie über die Grenze in die freie Welt können*. Sein Kommentar dazu: *Arme Teufel, sie wissen nicht, daß es mit der freien Welt zu Ende geht*.[163] Jedenfalls mit dem Amerika, das er gekannt hat, geht es zu Ende, und mit ihm, Rabbit, auch. Und sogar mit dem einzigen, was ihn zeit seines Lebens am Laufen gehalten und ihm immer Spaß gemacht hat, geht es zu Ende: mit dem Sex.

Rabbit at Rest, der vierte Band des Zyklus, erschien 1990 in den USA (zwei Jahre später auf deutsch unter dem Titel *Rabbit in Ruhe*), und allein diese letzte Fahrt des Helden gegen Ende des Buches ist ein Bravourstück des Erzählers Updike: nicht nur die geniale Wiederaufnahme einer entsprechenden Autofahrt im ersten Band *Hasenherz*, sondern auch eine faszinierende literarische Reise durch sieben US-Bundesstaaten mitsamt Radiogequassel, Junk-food und Motel-Tristesse. In einer seiner einsamen Nächte denkt Angstrom über das *Elend mit diesen Softpornofilmen im Hotelfernsehen* nach: Zwar gebe es *Titten und Ärsche und sogar ein bißchen Schamhaar* zu sehen, aber nicht das, was er eigentlich sucht, *keine richtige Fotze und keine Schwänze, weder steife noch schlaffe*. Und er gesteht sich ein: *Worum es uns wirklich geht, das sind Schwänze, man will sie sehen. Vielleicht sind wir alle schwul.*[164]

Rabbit ist zu einer traurigen Figur geworden, er fühlt sich alt, verbraucht und überflüssig. Auch der Glaube kommt ihm langsam abhanden, Gott hat ihn verlassen, jetzt, wo er ihn am nötigsten braucht. Dabei ist Angstrom erst Mitte Fünfzig – und mittlerweile seit mehr als dreißig Jahren mit seiner Frau Janice verheiratet. Der Roman beginnt Ende 1988 in Florida: Das Ehepaar Angstrom, das hier seit fünf Jahren ein Apartment für die Wintermonate besitzt, holt am Flughafen den Sohn Nelson samt Familie ab. Wie Updike die anschließende gemeinsame Autofahrt beschreibt, mit all den Dialogen, Gesten und Ritualen, in denen sich die Spannungen zwischen drei Generationen schonungslos offenbaren, das scheint leicht hingeworfen und muß den Vergleich mit der berühmten Eröffnungsszene in Thomas Manns Roman «Buddenbrooks» nicht scheuen. Tatsächlich bringt die Familienzusammenführung wenig Segen: Rabbit kentert bald darauf auf einer Segeltour mit der kleinen Enkeltochter; zwar kann er das Kind retten (eine dramatische Szene), doch nur um den Preis eines ersten Herzinfarkts.

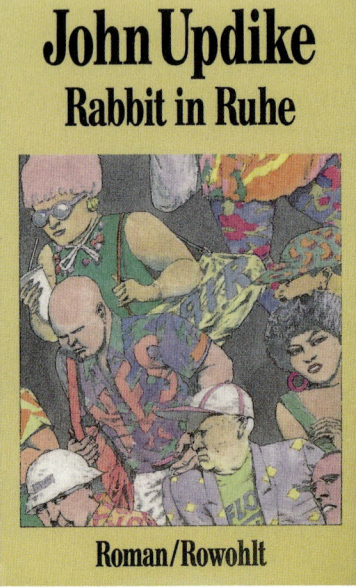

«Rabbit in Ruhe», 1992

Weniger denn je ist Rabbit in diesem letzten Band des Zyklus ein Sympathieträger. Ihm geht jede Selbstdisziplin ab, das einzige, was ihn intellektuell bewegt, ist ein Buch über amerikanische Geschichte, und seinem Sohn gegenüber verhält er sich mies – doch wie zu seiner nachträglichen Rechtfertigung erfährt er, kaum aus dem Krankenhaus entlassen, daß der drogenabhängige Nelson Firmengelder veruntreut hat. Schließlich wird der einst vom Schwiegervater gegründeten Autovertretung sogar die Toyota-Lizenz entzogen, die der Familie Reichtum gebracht hat. Nichts läuft mehr bei Rabbit. Täglich erlebt er Niederlagen, ob er nun im Parkhaus sein Auto nicht wiederfinden kann oder beim Ausflug mit den Enkelkindern im Freizeitpark gedankenverloren das Vogelfutter aus dem Automaten aufißt.

Noch zehn Jahre zuvor, Ende der freizügigen siebziger Jahre, konnte man Harry – im dritten Band *Bessere Verhältnisse* – beim Partnertausch beobachten, während eines Wochenendes mit seinen Golffreunden und den Ehefrauen in der Karibik. Und bis zu diesem Tag weiß er eines *mit Sicherheit: wenn er Teile seines Lebens wieder hergeben müßte, das letzte, das er hergäbe, wäre das Ficken [...]. Sein ganzes Leben kommt ihm wie eine Reise in die Körper von Frauen vor, warum sollte seine Reise jetzt zu Ende sein?*[165] Doch Rabbit, dieser von den Frauen verwöhnte Mann, der immer wieder fremdgegangen ist, traut sich nicht mehr. Bis zum Schluß des Romans bleibt im ungewissen, ob er eine außereheliche Tochter hat oder nicht; eine Krankenschwester am Bett des Herzkranken, so will es Updikes augenzwinkernde Erzählregie, könnte diese Tochter sein.

Auch von Thelma will er nichts mehr wissen, seiner über Jahre (seit jenem Golfwochenende) treuen und ergebenen Geliebten. Für Rabbit war's bequem, für sie die große Liebe. Er gibt ihr den Laufpaß, obgleich sie doch, was Harry stets besonders zu schätzen gewußt hat, bei ihren heimlichen Begegnungen liebend gern bereit war, *es mit dem Mund zu machen*. Die Trennung ist stillos, ohne Würde und Anstand. Rabbit hat Angst vor Aids, Thelmas Mann, so fürchtet er, könnte sie infiziert haben – tatsächlich sind es wohl eher die ersten Anzeichen einer anderen, am Ende tödlichen Krankheit, die ihn in die Flucht treiben. Janice, die Ehefrau, ist seit langem für Rabbit nicht mehr erreichbar. Sie hat andere Sorgen, als sich um das sexuelle Wohlergehen des Gatten zu kümmern: Sie bereitet sich in Abendkursen auf ein Leben ohne Rabbit vor. Kein Wunder, daß dessen Blick nicht mehr besonders liebevoll auf den Frauen ruht. Updike, der seinen Harry gern bei kruden und unausgegorenen Gedanken ertappt, gibt ihm dieses Mal auffällig viel Abwehr gegen alles Weibliche mit auf den Weg. Rabbit darf sich den *eigentümlichen Charme* eingestehen, den Schwule für ihn haben, *eine knabenhafte Leichtigkeit, ein Erhabensein über den weiblichen Morast, in dem das Leben ausgebrütet wird.*[166]

Gemeinsam mit Salman Rushdie und Nadine Gordimer stellt John Updike 2004 auf einer UN-Pressekonferenz den von Gordimer herausgegebenen Kurzgeschichtenband «Telling Tales» vor, dessen Verkaufserlös Aids-Opfern in Südafrika zugute kommt und zu dem Updike und Rushdie Beiträge geliefert haben.

Die Behauptung, daß der Schriftsteller vor allem mit der ausführlichen Schilderung heterosexueller Liebesszenen ein weltberühmter und wohlhabender Mann geworden sei, läßt sich nicht von der Hand weisen. Das hat immer wieder (auch in Deutschland) dazu geführt, daß seine Romane und Erzählungen in ihrer Qualität unter- und in ihrer Auflagenhöhe überschätzt werden. *Ehepaare* ist bis heute der einzige internationale Bestsellererfolg des Autors geblieben – trotz Updikes steter Produktivität, seiner geradezu kaninchenhaften Emsigkeit, nach dem Motto seines Vaters: *Für nichts kriegst du nichts.*[167] Als der Roman *Rabbit in Ruhe* erschien, hatte er schon mehr als vierzig Bücher – in gut dreißig Jahren – veröffentlicht, also das Ziel, das er sich als junger Mann gesetzt hatte (jedes Jahr ein Buch), längst erreicht, sein Arbeitssoll übererfüllt.

Wie sein Schöpfer kommt auch Rabbit nicht zur Ruhe. Obgleich er einen Herzinfarkt hinter sich und eine dringend nötige

Bypass-Operation vor sich hat, kann er nicht damit aufhören, Erdnußriegel, Pekannußtorte und Junk-food in sich hineinzustopfen. Er ist fett geworden. Nachts muß er regelmäßig auf die Toilette: *Komisch, früher hat es immer so schwer und satt in die Toilettenschüssel geklatscht, jetzt ist es nur noch ein knauseriger, unsicherer Strahl, er muß jede Nacht einmal, manchmal sogar zweimal aufstehen und sitzt dann auf der Toilette wie eine Frau [...].* Auf einem Spaziergang sieht er eines Tages einem Jungen beim Üben von Korbwürfen zu. *Was dagegen?* fragt er und holt sich den Ball. Die Schmerzen in seinem Brustkorb ignoriert er. So kommt es zum zweiten, am Ende tödlichen Infarkt. Rabbit stirbt im Krankenhaus. *Genug* – das ist das letzte Wort des Romans *Rabbit in Ruhe*.[168]

He, einverstanden, daß ich mitspiele? Damit hat einmal alles begonnen: im ersten *Rabbit*-Roman *Hasenherz*.[169] Damals, Ende der fünfziger Jahre, war Rabbit ein junger Familienvater, immer auf dem Sprung und in der kleinen Stadt Brewer ein Basketballstar. Updike hatte sich beim Schreiben das Ganze als Film vorgestellt; über diese Eröffnungsszene – Harry zeigt den Jungs, was er beim Ballspiel draufhat – sollte der Vorspann laufen (als das Buch dann tatsächlich verfilmt wurde, wählte man einen anderen Einstieg). Daher auch das konsequent durchgehaltene Präsens, das die Tetralogie vom ersten bis zum letzten Satz – insgesamt immerhin rund 2000 Seiten – unermüdlich vorantreibt.

Der vierte Band ist ein Drama in drei Akten: *FL*, *PA* und *HI* lauten die Kapitelüberschriften – Abkürzungen für Florida, Pennsylvania und jenes Niemandsland, das den Namen Herzinfarkt trägt. Der Abschied von Rabbit ist Updike nicht leichtgefallen, der Abschied von einer Figur, die ihn über mehr als drei Jahrzehnte begleitet hat: *Der Entschluß, den Zyklus abzuschließen, war eine Art Tod für mich*, vertraute der Autor vor Erscheinen des vierten Bandes Buchhändlern bei einem Treffen in Las Vegas an. Während der Niederschrift war, im Oktober 1989, Updikes Mutter gestorben. Sie hatte all die Jahre dafür gesorgt, daß der Sohn den Kontakt zur Heimat nicht völlig verlor. Der schwermütige Unterton des Romans *Rabbit in Ruhe* erklärt sich nicht zuletzt daher – und durch Updikes hellsichtige Wahrnehmung des eigenen Alters. *Rabbit in Ruhe* ist ein Buch über den Untergang und das Sterben, einer der großen Abgesänge der zeitgenössischen Literatur. *Man könnte sagen*, so erschreckte Updike in seiner Rede die Buchhändler, *das sei ein depressives Buch über einen depressiven Mann, geschrieben von einem depressiven Mann.*[170]

Das mag übertrieben sein, dennoch gab es bisher in keinem seiner Romane derart viele Unglücke und Abstürze, Mißliebigkeiten und Katastrophen. Und in keinem ging es zugleich so komisch und abgrundnah-heiter zu. Den verrücktesten Auftritt hat ein Japaner. Er hält Rabbit in dessen Büro eine Standpauke. Die Amerikaner hätten keine Disziplin mehr. *Viele gute Eigenschaften, gewiß. Gut Tennis, gutmütig. Viel Spaß.* Der Widerstreit zwischen Ordnung und Freiheit sei für ihn *faszinielend*, sagt Herr Shimada (Updike läßt sich diesen Kalauer nicht entgehen). Die Liebe zur *Fleiheit* sei so groß, daß jeder mache, was er wolle. Deshalb hätten die Japaner ihren Respekt vor Amerika längst verloren. Die Toyota-Gesellschaft, deren Manager Herr Shimada ist, möchte Inseln der Ordnung *im Ozean der Fleiheit* schaffen.[171] Und daher: Schluß mit der Verkaufslizenz! Mit einer Familie, deren Sohn Drogenprobleme hat und Unterschlagungen begeht, will Nippon nichts zu tun haben.

Diese Szene konterkariert einen anderen grellen Auftritt, nur wenige Seiten davor: Rabbit in der Parade zum 4. Juli, verkleidet als «Uncle Sam» – seine Enkeltochter hat ihn darum gebeten. Und so läuft er, in seinem lächerlichen Aufzug, den Kinnbart mühsam mit Tesafilm befestigt, als Sinnbild Amerikas durch die Straßen seiner alten Heimatstadt Brewer und wird immer noch als der einstige Basketballstar erkannt und beklatscht. Man singt «God Bless America», und in Rabbit wächst *die Gewißheit – und läßt sein Herz immer heftiger hämmern –, daß alles in allem dies das verdammt glücklichste Land ist, das die Welt je gesehen hat*[172]. Updike möchte das wohl selbst gern glauben, doch er muß nur mit den Augen seines Romanhelden durch die Straßen der Provinzstadt Reading (Vorbild für das fiktive Brewer) laufen, um zu sehen: überall Zeugnisse eines ungeheuren Verfalls, der Veränderung, des Wandels. Das Amerika, wie es in den Bildern eines Edward Hopper aufscheint, wie es sich im Kopf von Rabbit alias Updike bewahrt hat, gibt es nicht mehr.

Hart schneidet der Romancier die Befunde des Lokaltermins gegen die Erinnerungsbilder. Rückblende, literarisches Kino, voller Aroma der verlorenen Zeit: Kaufhäuser, Läden und Bäume, herausgerissen aus dem Stadtbild wie die Straßenbahnschienen aus den Straßen. Übrigens war es Updikes eigener Vater, der Lehrer, der in der Siegesparade nach dem Zweiten Weltkrieg als Onkel Sam mitlief. So ist dieser Roman auch ein geheimer und gravitätischer Abschied von der Welt der Eltern. Und schließlich, so sieht es aus, tatsächlich ein Abschied von der einst vergötterten Welt des Sexus. Rabbit hat seine Frau mehr als einmal betrogen – zuletzt treibt er es, wie um die Liste seiner Ehebrüche makaber zu krönen, noch ein einziges Mal mit der eigenen Schwiegertochter; keine Glanzleistung, auch wenn er selbst das ganz anders sieht. Stolz registriert der Herzkranke: *Sie kam zweimal*.[173] Die familieninterne Entdeckung des Skandalons führt indirekt dazu, daß er bald seinen zweiten Herzinfarkt erleiden und nicht überleben wird. Zunächst aber treibt sie Rabbit hinaus aus seiner Heimatstadt Brewer: auf der Flucht vor Frau und Sohn, die ihn beide erst kurz vor seinem Tod wiedersehen werden. Daß Harry Angstrom fern in Florida und nicht in jener Kleinstadt stirbt, die er in seinem Innersten eigentlich nie verlassen hat, zählt zu den leisen, bitteren Pointen des Romans, der gesamten Romantetralogie.

Updike bewährte sich im Finale seines Zyklus noch einmal als einer der wenigen begnadeten Menschendarsteller der Gegenwartsliteratur. Er konnte die Ängste, Obsessionen, die alltäglichen Niederlagen und verschämten Wünsche seiner Figuren so zwingend anschaulich machen, daß wir Leser sie als unsere eigenen wiederzuerkennen wagen. Dies gelingt, weil er Mitleid hat und – ebenso entscheidend – keine Skrupel kennt. Und weil er hinhören kann. Ob es ein Gespräch in der Arztpraxis, auf dem Golfplatz, eine Unterhaltung mit den Enkelkindern, ein Streit zwischen Vater und Sohn ist, ob es sich um eine geschäftliche Besprechung oder um Bettgeflüster handelt: Es gibt kaum eine Situation zwischen Menschen, die dieser Schriftsteller nicht zu vergegenwärtigen verstand, ein Meister der Zwischentöne, ein souveräner Beherrscher jedweder Alltagsrede.

Alle vier Romane spielen jeweils gegen Ende eines Jahrzehnts, *Rabbit in Ruhe* endet im Oktober 1989. Daß die Zeitgeschichte derart passend zum Abschluß der Tetralogie hineinwinken würde, konnte der Autor nicht ahnen, als er seinen Zyklus begann und von Buch zu Buch fortführte; aber er hat die welthistorische Minute des Mauerfalls als Schlußstein großartig zu nutzen gewußt. Die *Rabbit*-Romane wird man dereinst lesen als Chronik des westlichen Lebensgefühls in einer Epoche, *als wir noch Angst vor den Russen gehabt haben*[174]. Und mit diesen vier Romanen, denen zehn Jahre später noch ein Epilog folgen sollte, hat Updike eine einzigartige Chronik der USA in der zweiten Hälfte des 20. Jahrhunderts geschaffen, weitaus anspruchsvoller, als es der 1922 veröffentlichte Roman «Babbit» von Sinclair Lewis (1885–1951) für eine frühere Epoche sein konnte – dessen Hauptfigur, der Geschäftsmann George Babbit, einst Pate für Rabbit gestanden haben dürfte.

Vier Jahre nach dem vorläufigen Abschluß des Zyklus antwortete Updike auf die Frage, ob er seine Figur Harry Angstrom vermisse: *Ich habe nicht geglaubt, daß ich Rabbit lange überlebe. Ich dachte, daß ich im Jahr darauf sterben würde oder so. Und nun lebe ich immer noch und vermisse ihn. Ich habe ihm all die Abenteuer auf den Weg gegeben, die ein Mann packen kann – mehr davon, und er wäre zu einer Comic-Figur geworden.* Schon damals, 1994, dachte Updike offenbar über eine Fortsetzung nach: *Es ist da ja einiges offen geblieben. Die Tochter seiner Geliebten – ist sie sein Kind oder nicht? Ich glaube, ich bin es dem Leser schuldig, zumindest das zu klären […], aber vor 1999 muß ich nichts entscheiden, und das ist noch fünf Jahre hin.*[175]

Er hatte vorher noch genug andere Pläne und Projekte. Inzwischen waren schon zwei weitere Romane erschienen, von einem umfangreichen neuen Sammelband mit Kritiken und Essays – *Odd Jobs* (1991) – und dem hervorragenden Erzählband *The Afterlife and Other Short Stories* (1994) ganz abgesehen. In dem 1992 publizierten Roman *Memories of the Ford Administration* (*Erinnerungen an die Zeit unter Ford*, so 1994 der deutsche Titel) kehrte Updike noch einmal zu seinen bekannten Themen zurück: zu Ehebruch und Scheidung mitsamt Auswirkung auf die Kinder;

James Buchanan, 15. Präsident der USA, um 1860

zugleich aber auch zu seinem Faible für den aus Pennsylvania stammenden US-Präsidenten Buchanan.

Ich erinnere mich, daß ich mit meinen verlassenen Kindern vor dem Fernseher saß, als Nixon zurücktrat, so beginnt der Roman, der schon im Titel den Begriff «Erinnerung» trägt – und so, mit dem Rücktritt Nixons von seinem Amt am 9. August 1974, begann auch die Ford-Präsidentschaft. Am Ende heißt es: *Je länger ich über die Zeit unter Ford nachdenke, desto mehr habe ich das Gefühl, daß ich mich an nichts erinnere.* Der Ich-Erzähler Alfred Clayton, Professor für Geschichte, ist sogar skeptisch gegenüber eigenen erotischen Reminiszenzen. Nur im Rückblick seien *unsere amourösen Begegnungen ideal, frei von Störungen,* glaubt er. Sein Fazit (und das seines Erfinders): *Die Vergangenheit ist ebenso trügerisch wie die Zukunft, und wir existieren in der Gegenwart, blind für die Wolkenformationen, taub für den Vogelgesang. Und doch hat das Le-*

ben etwas Heiliges, das uns immer wieder drängt, es auferstehen lassen zu wollen.[176] Updikes Roman ist ein Rückblick auf die siebziger Jahre mit ihrer erotischen Freizügigkeit und auf die historische Epoche Buchanans.

Der Schriftsteller war im Gespräch gern bereit, sein spezielles Interesse an diesem Präsidenten zu erläutern – und ebenso sein früheres Scheitern mit dem Stoff: *Er ist ein interessanter Mann, ein interessanter Politiker: der letzte Präsident vor dem Bürgerkrieg, der einzige Junggeselle, wahrscheinlich schwul. Man nannte das damals nicht so, aber es gab unflätige Andeutungen in der Presse. Ich wollte lieber der Sänger von James Buchanan als von Abraham Lincoln sein. Doch es war nicht so leicht, einen historischen Roman zu schreiben. Was man da alles an winzigen Einzelheiten wissen muß! Wie sahen die Menschen aus, was trugen sie? Wie sahen die Zimmer aus? Ich habe diesen Roman damals nicht geschafft. Ich schrieb statt dessen, Anfang der siebziger Jahre, ein Theaterstück über Buchanan. Aber die Sache wurmte mich. Und so habe ich in den «Erinnerungen an die Zeit unter Ford» einen Mann erfunden, der versucht, über James Buchanan zu schreiben – und ihm gewissermaßen die Arbeit überlassen.*

Also eine Art Resteverwertung für ihn, ein Rückgriff auf die früheren Vorarbeiten? Nein, das bestreitet Updike: *Ich habe einiges von dem, was noch vorlag, verwendet – viel war es nicht. Das meiste habe ich neu gemacht. Ich habe versucht, über Geschichte und über Erinnerung zu schreiben – und darüber, wie wenig zuverlässig beides ist.* An den Rücktritt Nixons kann er sich noch gut erinnern: *Ich war in einer Situation, die sich nicht allzusehr von der meines Helden unterschied […]. Einen Präsident zurücktreten zu sehen, war schrecklich. Für einen Augenblick wurde alles Private zur Nebensache. Viele solcher Augenblicke hat es seit dem Zweiten Weltkrieg nicht gegeben.*[177]

Die Verknüpfung zwischen Erzählgegenwart und historischer Epoche stellt Updike recht einfach her: Der Geschichtsprofessor Alf Clayton erinnert sich zu Beginn der neunziger Jahre an sein vergebliches Bemühen zwanzig Jahre zuvor, Frau und Familie zu verlassen und seine Geliebte Genevieve zu heiraten – und in dieser Zeit endlich sein Buch über Buchanan zu schreiben. Er scheitert mit allem. Was bleibt, sind vage Erinnerungen einerseits (an die Zeit der Trennung von der Familie und seine hilflose Rückkehr) und fragmentarische Texte andererseits (über Buchanans Leben und Wirken). Dessen aber ist der Professor am Ende gewiß: *Gerald Ford präsidierte während seiner zwei Jahre und fünf Monate dauernden Regierung einer Vielzahl – dürfen wir sagen, einer Millionenschaft? – sogenannter One-night Stands; ein Grundsatz dieser Ära war, daß man jemanden nicht besonders gern haben mußte, um mit ihm oder ihr zu vögeln, die betreffende Person auch nicht besonders gut zu kennen brauchte.*[178]

> *Wenn die Leidenschaften verflogen sind und was wir zu erreichen trachteten, von der Geschichte zunichte gemacht worden ist, bleiben doch die Worte, die wir schreiben, und werden für uns sprechen.*
> John Updike, «Erinnerungen an die Zeit unter Ford»

Mit dem zwei Jahre später folgenden Roman *Brazil* (*Brasilien*, 1996), seinem 16. Roman, wagte sich Updike auf exotisches, für ihn unerforschtes Gelände. Wie schon im *Coup* ließ er das vertraute Terrain der gehobenen weißen Mittelklasse Neuenglands hinter sich. So weit, daß viele Kritiker ihm nicht folgen wollten. Das sei der absonderlichste Roman, den Updike je geschrieben habe, erklärte ein britischer Rezensent. Ein amerikanischer Kritiker sprach distanziert von einem «tapferen Versuch» des Autors, aus der gewohnten Welt auszubrechen. Auch deutsche Kritiker fragten besorgt: «Was ist bloß in Updike gefahren?» Sogar von «Softporno-Langweiler» und «ranziger Brasilienschwarte» war die Rede.[179]

Tatsächlich hat Updike hier mit Anfang Sechzig ein wenig über die Stränge geschlagen und einen unerwartet grotesken Roman geschrieben, radikaler als so manches, was Skandalautoren wie Bret Easton Ellis («American Psycho») blutrünstig zusammenrühren. Er scheint sich dabei die finstere Prognose seiner Heldin Isabel zu Herzen genommen zu haben: Die Zukunft gehöre *nicht mehr dem geschriebenen Wort*, sie gehöre *der Musik und einem Strom von Bildern*, der farbenfroh und endlos sei *wie die Seifenopern*.[180] Eine Soap-opera als endloser Videoclip ist Updike mit diesem Roman gelungen – in einer wunderbar musikalischen Sprache. Und mit abrupten Sprüngen, was Schauplätze und Tempo angeht: Eben noch erzählt er atemlos von einer Liebesnacht zu dritt und von einem Totschlag, schon verweilt er in aller Ruhe bei den Armen in einer Hütte, bei der Insektenwelt des Urwalds.

Sie sind einander an der Copacabana begegnet, am sonnigen Strand von Rio de Janeiro: Isabel, Tochter aus der Oberschicht Brasiliens, ein Mädchen mit weißer Haut und hellem Bikini, und Tristão, ein Tagedieb mit dunklem Teint und schwarzer Badehose. Er schenkt der Schönen einen Ring. Sie revanchiert sich, indem sie sich von ihm entjungfern läßt, nicht ohne vorher – unter der Dusche – sein Geschlecht neugierig gemustert zu haben. Danach muß das Liebespaar auf der Flucht vor Isabels Vater abseitige Wege gehen. Der hetzt Pistolenmänner auf die beiden. Es kommt zu einer erzwungenen Trennung: Sie bewegt sich im aufmüpfigen Studentenmilieu der sechziger Jahre, Tristão arbeitet fernab in einer Fabrik.

Aber die beiden finden einander doch wieder – und dieses Mal fliehen sie richtig: in den Westen Brasiliens, in vorindustrielle Landstriche. Unter Goldgräbern und im Dschungel überleben sie mehr schlecht als recht. Es gibt mörderische Begegnungen mit Indianern, dann eine mehr als zweifelhafte Rettung durch eine Banditenbande. Sie macht Tristão zum Sklaven und Isabel zur Hauptfrau des Anführers. Schließlich kommt Magie ins Spiel. Ein Schamane spielt verkehrte Welt: Isabel wird zur Schwarzen, Tristão zu einem Weißen. So kehrt das Paar, gewendet mit Haut und Haar, nach acht Jahren in die Zivilisation zurück. Und wird endlich von der brasilianischen Bürgerwelt akzeptiert, die mit dieser Form von schwarz-weißer Kombination problemlos fertig wird. Die Liebenden, die allen Proben und Gefahren eisern trotzten, als braves Bürgerpaar? Da wendet sich der Erzähler ab: *Die Banalität, die bunt maskierte Langeweile des bürgerlichen Lebens – sie läßt den Geschichtenerzähler verstummen.*[181]

Ein gelungener Scherz. Denn nichts anderes hatte Updike ein Leben lang versucht, als dieser angeblichen Langeweile seine faszinierenden Erzählungen und Romane abzutrotzen. Dieses Mal erlaubte er sich eine hinreißende Farce, in der er frei und munter mit Motiven der Weltliteratur spielt (etwa dem Mythos von Tristan und Isolde), fernab politisch korrekter Pfade: Mann und Frau, Schwarz und Weiß, Herr und Sklave, hier geht alles durcheinander – bis hin zum Finale, dem Tod Tristãos an jenem Strand, an dem einst alles begann. Schwarze Tagediebe stechen den scheinbar arrivierten weißen Mann nieder. Updikes *Brasilien* zeigt wenig vom realen Brasilien, auch wenn der Autor dort war (so tief im Urwald wie seine Helden freilich nicht); der Roman beschreibt vielmehr eine Vision, eine Gesellschaft von morgen, fernab der vertrauten neuenglischen Protestantenwelt.

Brasilien faszinierte Updike, seit er 1992 zum ersten Mal für eine Woche dort war; sein brasilianischer Verleger hatte ihn eingeladen. *Die Gegenden, die ich schildere, habe ich nie kennengelernt*, erzählte er 1994. Das Landschaftsporträt verdanke sich seiner Vorstellungskraft und der Lektüre. *Und wenn einer schon über Brasilien schreiben will, was soll er sonst schreiben als eine schwarz-weiße Liebesgeschichte?* Das klassische Paar Tristan und Isolde habe ihn immer gereizt – und das Motiv der Verbindung verschiedener Rassen. Das sei derzeit ein sehr amerikanisches Thema, ein Problem, sagt er, und mehr als das: eine Tatsache der eigenen nationalen Existenz (im Originalton des Interviews: *Race is very much an American issue now, a problem. But not just a problem, it also is a fact of our national existence*).

Updike erinnerte sich an eigene Erfahrungen: *Ich bin in einer weißen, protestantischen Umgebung groß geworden. In der HighSchool war nur eine schwarze Familie vertreten. Allerdings habe ich schon früh Jazz gehört. Jeder weiße Amerikaner ist sich bewußt, daß es schwarze Amerikaner gibt und die eigene Kultur zum Teil schwarz ist. Daß jeder von uns bis zu einem gewissen Grad schwarz ist, weil wir schwarz singen, schwarz denken und uns obendrein bis zu einem gewissen Grad schwarz kleiden [...]. Dem kann niemand entgehen. Und alles, von der Mode und der Popmusik bis hin zu TV-Werbespots und Filmen, ebnet den Weg zu einer weniger rassistischen Gesellschaft. Aber das wird eine lange Zeit brauchen.*[182]

Darüber hinaus berührte ihn das Thema auch persönlich: *Meine Tochter ist mit einem Westafrikaner, mein Sohn mit einer Ostafrikanerin verheiratet. Schon merkwürdig, beide haben Afrikaner geheiratet, und ich habe drei afrikanisch-amerikanische Enkelkinder.* Die älteste Tochter Elizabeth, geboren 1955, ist mit einem Ghanaer verheiratet (sie haben zwei Söhne: John Anoff und Michael Kwame Ntiri), der erstgeborene Sohn David, Jahrgang 1957, mit einer Kenianerin (der Sohn Wesley Doudi Githiora wurde 1989 geboren). Kinder und Enkelkinder leben in den USA, und Updike geht darauf im fünften Kapitel seiner Autobiographie *Selbst-Bewußtsein* ein, das die Form eines Briefes an zwei dieser Enkelsöhne hat. Es beginnt: *Lieber Anoff, lieber Kwame, wir sind alle von gemischtem Blut.* Daran knüpfen auch die ersten Sätze von *Brasilien* an, die da lauten: *Schwarz ist eine Schattierung von Braun. Weiß auch, wenn man genau hinsieht.*[183]

Updikes Leben und Schreiben wurde nun immer weniger von äußeren Einflüssen gestört, es vollzog sich im ruhigen Rhythmus von Neuerscheinungen, Einladungen, Reisen und Interviews – und von Auszeichnungen in wachsender Zahl. Allein in den neunziger Jahren erhielt der erfolgreiche Schriftsteller jede Menge Preise und Ehrungen, darunter seinen zweiten Pulitzer-Preis (nachdem er ihn 1982 schon für *Bessere Verhältnisse* erhalten hatte, bekam er ihn nun für den Roman *Rabbit in Ruhe* zugesprochen), den «National Book Critics Circle Award» (zum dritten Mal), den italienischen Scanno-Preis (alle diese Auszeichnungen 1991), einen Ehrendoktor der Harvard University (1992), den «Common Wealth Award» (1993), die Howells-Medaille der «American Academy of Arts und Letters» (1995, vergeben für das beste belletristische Werk der vergangenen fünf Jahre), den «Ambassador Book Award» (1996), den «Champion Award» der jüdischen Zeitschrift «America» (1997, vergeben für Kulturleistungen eines christlichen Schriftstellers) und die «Harvard Arts First»-Medaille (1998).

Auch in der zweiten Hälfte der neunziger Jahre folgten die Bücher dicht aufeinander: die Romane *In the Beauties of the Lilies*

John Updike erhält neben anderen von George W. Bush die National Humanities Medal, 2003

(1996) und *Toward the End of Time* (1997) sowie der Erzählungsband *Bech at Bay: A Quasi-Novel* (1998), eine neue Folge von Bech-Stücken. Allein der erste Roman umfaßt in der deutschen Ausgabe – unter dem Titel *Gott und die Wilmots* (1998) – mehr als 730 Seiten, eine Familiensaga über vier Generationen, jedes der vier Kapitel aus der Perspektive einer anderen Generation erzählt (wenn auch jeweils in der dritten Person). Die Geschichte beginnt an einem heißen Frühlingstag des Jahres 1910, als in einer kleinen Stadt in New Jersey ein Stummfilm gedreht wird und der presbyterianische Pfarrer Clarence Wilmot seinen Glauben verliert, sosehr er sich auch dagegen wehrt: *Ohne den Segen der Bibel war das Universum nichts als grauenhaft und widerwärtig. Jeglicher fleischlicher Akt wurde gemein, nicht bloß einige.*[184] Am Ende, spät in den achtziger Jahren, wird sein Urenkel als Mitglied einer radikalen christlichen Sekte in ein Feuergefecht mit der Polizei geraten. Film und Religion sind die Pole dieses Romans, in dem Updike erstmals (abgesehen von den historischen Studien über Buchanan) dermaßen weit in der Zeit zurückgeht und ein Gesamtpanorama des 20. Jahrhunderts entwirft.

Dafür bietet der dann folgende Roman einen Blick nach vorn, in eine ferne Zukunft, auch das ungewohnt bei Updike: *Toward the End of Time* (*Gegen Ende der Zeit*, 2000) spielt im Jahr 2020, nachdem die USA einen Krieg gegen China verloren haben und der Dollar nicht mehr als Währung gilt. Das alles wird allerdings nicht als Zukunftsvision in Form von Science-fiction zelebriert, sondern gibt lediglich den Hintergrund, den überraschenden Kontrast ab für die ganz gewöhnlichen Eheprobleme eines reichen Börsenmaklers – da spielt der Autor unverdrossen noch einmal ein Heimspiel. Und mit seinem vertrauten Alter ego erlaubt er sich in *Bech at Bay* (2000 auch auf deutsch unter dem Titel *Bech in Bedrängnis: Fast ein Roman*) den Spaß, ihm am Ende gar den Nobelpreis für Literatur zukommen zu lassen. Genüßlich malt Updike sich die entsetzten Kommentare in der Presse aus, etwa in der «New York Times»: *Wenn denn endlich wieder einmal die Zeit für einen amerikanischen Preisträger gekommen war, dann muß man einen absichtlichen Affront darin sehen, daß ernstzunehmende Kandidaten wie Mailer, Roth und Ozick, ganz abgesehen von Pynchon und DeLillo, übergangen wurden zugunsten dieses überholten Vertreters der Schönschreiberei […].*[185]

Abschiede, Rückblicke, Neuanfänge

Brewer, ein kleiner Ort irgendwo in Pennsylvania. Eine Frau klingelt an der Tür eines Hauses in der Joseph Street. Eine ältere, ängstlich wirkende Dame öffnet. Die Fremde erzählt zunächst ein paar verwirrende Einzelheiten aus ihrem Leben und erklärt dann zögerlich, als die Hausherrin ungeduldig fragt, was das alles mit ihr zu tun habe: *Oh. Ich glaube – ich glaube, Sie waren mit meinem Vater verheiratet.*[186]

Der Mann, um den es hier geht, ist längst tot – und doch höchst lebendig als eine der markantesten Romanfiguren des 20. Jahrhunderts. Harry Angstrom, genannt Rabbit, gestorben Ende der achtziger Jahre im Alter von 56, zu Grabe getragen von seinem Schöpfer in dem Roman *Rabbit in Ruhe*, dem vierten und, so war es geplant, letzten Band der 1960 begonnenen und nahezu exakt alle zehn Jahre fortgeschriebenen Tetralogie. Und nun kam, im Jahre 2000, also wiederum pünktlich im Dekaden-Rhythmus, nicht ganz überraschend eine Fortsetzung hinterher, ein Nachtrag: *Rabbit Remembered* – freilich gut versteckt hinter zwölf kürzeren Erzählungen Updikes in dem Band *Licks of Love*. In Deutschland allerdings erschien das Werk, mit Billigung des Autors, 2002 als selbständige Ausgabe unter dem Titel *Rabbit, eine Rückkehr*.

Updike läßt seinen Helden in den Gesprächen der Zurückgebliebenen auferstehen. Allein schon die schlichte Eröffnung der neuen Erzählrunde ist großartig: Bei der Frau, die da 1999 plötzlich im fiktiven US-Städtchen Brewer vor der Tür des Familienhauses steht, handelt es sich um Annabelle, die inzwischen 39 Jahre alte Tochter von Rabbits frühester Geliebter Ruth aus dem ersten Band *Hasenherz*. Ruth, die auch nicht mehr unter den Lebenden ist, hat ihm, Harry, nie verraten wollen, ob er der Vater dieses Mädchens ist oder nicht. Und auch Updike hatte das Geheimnis wohlweislich gehütet, vielleicht um sich ein Hintertürchen für diesen Epilog offenzuhalten. Harrys Witwe Janice, nun 63 Jahre alt und mit Rabbits altem Kumpel und Rivalen Ronnie verheiratet (dessen Frau eine von Rabbits Geliebten war), bittet den Überraschungsgast herein in das Haus, in dem auch ihr Sohn Nelson, 42, wieder wohnt, dem die Frau mit zwei Kindern davongelaufen ist. Später wird Annabelle zum Thanksgiving-Dinner eingeladen – und so eines der aufregendsten Familientreffen der Literatur seinen Lauf nehmen.

Rabbit ist nicht zu denken ohne die erotischen Eskapaden des libertären Zeitalters, *damals im sexuellen Getümmel der Sechziger, als alle Ehen in die Brüche gingen*, wie es jetzt rückblickend heißt. Vom Nachbeben dieser wilden Jahre erzählt der Autor in seinem *Rabbit*-Appendix. Das traditionelle Truthahn-Essen am Thanksgiving-Tag in Harrys altem Haus endet in einer mittleren Katastrophe – Auslöser ist eine wilde Debatte über Clintons Oralsex-Affäre. Während die einen es bedauern, *daß diese idiotische puritanische Nation ihren Präsidenten in die Lage bringt, herumzudrucksen wie ein ertappter Teenager*, glauben die anderen, der Präsident habe Amerika lächerlich gemacht. Am Ende sprengt der rüde Ronnie die Runde mit einer obszönen Anmache der zur Familie gestoßenen Rabbit-Tochter.[187]

Updike selbst, der ein Schriftstellerleben lang den Verlokkungen und Verwirrungen des Sexuellen in einer sehr konkreten und doch nie plump pornographischen Weise nachgespürt hat, schaut hier mit einer gewissen Altersmilde auf eine Gegenwart, in der das Sexualleben des Präsidenten Stoff für die Fernsehnachrichten ist. In solchen Zeiten bleibt dem Erzähler eigentlich nur übrig, seine Schlußkadenz zu Rabbits Leben und Nachleben mit einer überraschend versöhnlichen Volte enden zu lassen, einer Art Happy-End: Die Ehe steht wieder hoch im Kurs, auch bei den jungen Leuten – und die Alten, Janice und Ronnie, versuchen gemeinsam, *sich für den Tod bereitzumachen, der jetzt jederzeit anklopfen kann*. Rabbit ist zwar unvergessen, aber nun wirklich tot.

Seine Geschichte ist zum Teil eine sexuelle Pilgerfahrt, so hat der Autor in einem Kommentar geschrieben. Es gab wahrlich viel Betrug und Ehebruch in der Tetralogie – gönnt er deshalb Rabbits Nachkommen die Aussicht auf eheliches Glück? *Es ergeben*

Bill Clinton, 1997

sich lauter Paare, stimmt. Und in einem gewissen Sinn ist es Harry, der das alles bewirkt. Seine Kinder haben einander endlich kennengelernt, der Sohn und die uneheliche Tochter, und sie können befreit ihrer Wege gehen. Das hätte Harry gefallen. Und seine ehemalige Frau wird sich mit ihrem neuen Mann auf den Weg nach Florida machen – auch das ist eine Art Glück.[188]

Hat es ihm Vergnügen bereitet, in *Rabbit, eine Rückkehr* mit dem Satz zu provozieren, daß *nach dieser Lewinsky-Sache* sogar die Kinder wüßten, was ein Blow-Job sei, wo doch diese sexuelle Variante für seinen Helden Rabbit einmal etwas ganz Erstaunliches gewesen ist? *Allerdings. Das ist ein weiter Weg von 1959, wo man so ein Wort nicht einmal in einem Roman hätte drucken können, bis heute. In späteren Auflagen habe ich einiges nachgetragen. Aber jetzt? Mein Gott, unser Präsident! Der arme Kerl! Ein sexuell frustrierter Mann, gefangen im Weißen Haus, geschlagen mit einer ehrgeizigen und wahrscheinlich kalten und verbitterten Frau, er läßt sich verführen – und erhält dafür eine fürchterliche Abreibung. Clinton tat mir leid, er hatte mein Mitgefühl. Klar, er hat dann gelogen [...]. Wir alle erwarten von unserem Präsidenten, daß er die Wahrheit sagt, daß er ein Vorbild ist. Das war übel, wirklich übel. Es muß da einen Defekt bei ihm gegeben haben. Für mich zählt er zu den eher intelligenten Präsidenten. Aber Intelligenz bringt einen nicht besonders weit. Schauen Sie sich unseren jetzigen Präsidenten an: Er hat Charme, aber gewiß keinen hohen IQ – oder er versteckt das sehr gekonnt.*

Mit rund 250 Seiten (in der deutschen Buchausgabe) ist der Nachtrag zwar weniger umfangreich ausgefallen als die einzelnen *Rabbit*-Romane, doch im gleichen unverwechselbar packenden Erzählton im Präsens geschrieben – dieser Epilog hat es verdient, in einem eigenen Band präsentiert zu werden. Warum nicht auch in den USA? Updikes Antwort: *Weil es mir nicht wie ein richtiger Roman vorkam. Außerdem hatte ich immer wieder in Interviews erklärt, vielleicht ein wenig zu oft, daß es mit den vier «Rabbit»-Bänden genug sein sollte [...]. Andrerseits gab es eine Reihe offener Fragen, etwa diese Geschichte mit seiner unehelichen Tochter. Also gab ich dem unedlen Impuls nach und kehrte noch einmal zu diesem Stoff zurück, in dem ich mich auf eine heitere Weise zu Hause fühle. Das Ergebnis in einen Erzählungsband zu stecken, das machte die Sünde in meinen Augen etwas geringer. Es war am Ende dumm, denn statt «Licks of Love» hätte der Band besser «Rabbit Remembered and Other Stories» heißen sollen, dann hätte er sich vielleicht besser verkauft.*[189]

> *Rabbit war tot, auch für mich. Genug ist genug. Ich wollte ihn los sein. Sonst wäre aus ihm eine Art «Superman» geworden, ein Serienheld, der nicht sterben kann.*
>
> John Updike, 2002

Der zweite Teil des Erzählbandes *Licks of Love* aus dem Jahr 2000 (genaugenommen der erste Teil, denn der *Rabbit*-Nachtrag steht darin am Ende) erschien 2004 unter dem Titel *Wie war's wirklich* auf deutsch. Und auch Henry Bech ist wieder mit von der Partie: Während einer Lesung vor Publikum überfallen ihn, den *alternden amerikanischen Autor*, Erinnerungen an seine frühen Jahre als Schriftsteller und Liebhaber – und an eine ganz bestimmte Frau, *die wunderbarste Bettgenossin seines Lebens*. Der Grund dafür: Kurz vor der Veranstaltung ist eine nicht mehr junge, immer noch sehr attraktive Frau auf ihn zugekommen. Sie hat ihn mit den Worten begrüßt: *Ich bin Alice Oglethorpe. Du erinnerst dich vielleicht nicht, aber wir sind mal zusammen mit dem Zug von New York nach Los Angeles gefahren.* Es dauert einige Minuten, in denen Bechs Gehirn *verzweifelt versuchte, sich zurechtzufinden,* doch dann, als er schon oben auf dem Podium sitzt und aus seinen alten Werken liest, die ihm plötzlich fremd vorkommen, tauchen vor seinem inneren Auge die Bilder einer sexuellen Offenbarung wieder auf, die ihm vor vielen Jahren auf einer Zugfahrt quer durch den amerikanischen Kontinent zugestoßen ist – er im Schlafwagenbett mit der verheirateten Fremden, die er danach nie wiedergesehen hat. Bis zu diesem Abend.[190]

Nach dem endgültigen Abschluß von Updikes großartigem Romanzyklus waren es nun vor allem die Erzählungen, in denen der Prosakünstler, verborgen unter dem Schutzmantel der Fiktion, auch über sich und sein Leben spricht, das heißt zunehmend: über Erinnerungen. Von Anfang an war der Stoff seiner Erzählungen eng mit seinem Leben verwoben, seit der junge Updike im Sommer 1954 stolz die erste an die Zeitschrift «The New Yorker» verkaufte. Der Erzählband *Wie war's wirklich* bietet die melancholisch aufgeladene, aber in ihrer Sprache und Formkraft unverändert leuchtende Essenz der Updikeschen Prosakunst: eine Art Vermächtnis zu Lebzeiten.

Noch einmal also geht es um den Rückblick auf die wilden Jahre jener Generation, die für den Babyboom der USA verantwortlich ist, aber dann, trotz der Kinder, auf die neuen sexuellen Freizügigkeiten nicht verzichten wollte, *in jener Ära kurz vor der befreienden Ankunft der Pille* und den Jahren danach.[191] Die Geschichten von Verführung und Verfehlung sind keine Momentaufnahmen, beziehen vielmehr Folge und Wirkung mit ein, verfügen über das Wissen und den Echoraum der späteren Entwicklung. Die Erzählgegenwart wird von der Rückschau bestimmt, das Vergangene wird zum Gegenstand oft beschwerlicher, teils quälender, teils aber auch beglückender Gedächtnisübungen. Was bleibt am Ende von all den Eroberungen und Ehebrüchen, von den Kämpfen und Qualen, die auf erste Umarmungen, Geständnisse und Entdeckungen folgen? Diese Frage bleibt der thematische Kern von Updikes Werk, sie hat den Schriftsteller ein Leben lang auch persönlich begleitet, und obgleich er gelegentlich Überdruß an diesem Sujet geäußert hat, so beweisen die Souveränität und Anmut dieser Geschichten, daß er mit gutem Grund davon literarisch nicht lassen kann.

Untreue, so läßt er einen seiner Helden resümieren, *macht anfangs das erotische Feld eines Paares weiter, fruchtbarer, läßt es am Ende aber müde und ausgelaugt zurück. Wie eine bewußtseinserweiternde Droge zerstört sie Zellen.* Zugleich jedoch wissen Updikes Figuren auch, daß einzig die Sexualität jene Verzauberung bereithält, in der die eigene Existenz spürbar wird. *Du kannst auf die dunkle Seite des Mondes reisen und wieder zurück,* endet die Geschichte *Banjo spielen im Kalten Krieg, und erlebst doch nichts, das wunderbarer und staunenswerter wäre als die Art, in der es Männern und Frauen gelingt, zueinander zu kommen.* Mancher Updike-Ehebrecher will sich denn auch in der Rückschau die Freude und den kindischen sexuellen Stolz von einst nicht nehmen lassen (*Ein sicherlich imaginäres Glück besonnt meine Erinnerungen,* so heißt es in *New-York-Girl*).

Auch Bech, der Dichter, ist während seiner Lesung (in der Geschichte *Sein Œuvre*) geradezu erfüllt von der Vergegenwärtigung der einst im Transkontinentalzug erlebten Lust: *Ein prickelnder Schauer überlief ihn, als ihm all das ins Gedächtnis zurückkehrte.* Es ist alles lange her, selbst in den USA fuhr man *lieber mit der Bahn, als seinen Körper den unruhigen Propellermaschinen der späten Fünfziger anzuvertrauen, kurz vor dem Ansturm der großen Jets.* Mehrere Tage und Nächte hat damals die Reise von der Ost- zur Westküste gedauert, und am zweiten Abend wendet sich die Fremde nach einem gemeinsamen Essen mit den knappen Worten an Bech: *Abteil sechzehn. Klopf zweimal.* Am nächsten Tag schon werden die beiden im Zug als Paar betrachtet. Im Speisewagen setzt sich ein korpulentes texanisches Ehepaar zu ihnen an den Tisch, *offenbar ohne Blick dafür, daß die anderen beiden zu erledigt waren, um Konversation zu machen, und ihnen dafür auch eine gemeinsame Vergangenheit fehlte.*[192]

Mit wenigen Worten vermag Updike so eine Begegnung zu inszenieren. Bechs Transkontinentalsex ist das Beispiel für eine Affäre, die geheim und folgenlos bleibt, am Rand des Vergessens sogar für den, der sie erlebt hat. Anders erfährt es der junge Familienvater Martin, der sich in einer Kleinstadt in New Hampshire mit Maureen, der Ehefrau eines anderen, trifft. Nichts läßt sich vorhersagen: Martin fühlt sich sicher, weil seine Frau schon des längeren ganz offen selbst eine Affäre hat. Nach der Entdeckung jedoch reagiert sie *mit einem jäh aufbrausenden Zorn*, rennt zu Maureens ahnungslosem Ehemann und schläft aus Rache mit ihm, was sie dann wiederum dem eigenen Mann Tage später beichtet, *als wir zu Skeletten erschöpfter Ehrlichkeit zermürbt waren*. Nach diesem Geständnis kann es der gehörnte Ehebrecher kaum abwarten, mit seiner Frau *ins Bett zu gehen und herauszufinden, wie weit ihre neueste Erfahrung, ihre jüngste Verderbnis sie bereichert hatten*. Aus der Versöhnung wird dann aber doch nichts, und schließlich heißt es: *Wir ließen uns scheiden, ein langsames, schmerzhaftes In-Stücke-Schneiden, und bei Maureen und Rodney war es genauso*.

Updike ist hier ein Meister der unerwarteten Wendung, der unaufdringlichen Zuspitzung und Pointierung. Zumeist setzt eine zufällige Wiederbegegnung mit einer fast schon vergessenen Geliebten die Erinnerung in Gang, nach Jahren oder sogar Jahrzehnten. Und es ist gar nicht unbedingt die Bettgeschichte, die vordringlich ins Bewußtsein rückt, sondern das Lebensgefühl von damals oder auch nur ein Telefongespräch: *Ihre Stimme vertrieb vorübergehend die lähmende Angst, in der ich in jenen Jahren lebte*. Für Frank aus der Erzählung *Naturfarbe* ist es das flammendrote Haar der ehemaligen Geliebten, das er nach zwanzig Jahren auf der Straße leuchten sieht – und flieht. *Seine Frau hatte damals immer laut die Echtheit dieses Rots bezweifelt, und er hatte dann das Argument unterdrücken müssen, daß, wenn Maggies Haare gefärbt seien, dies auch auf ihr Schamhaar zutreffe*, so erinnert er sich nun.[193]

Frank zählt zu denen, die bei Frau und Familie geblieben sind und irgendwann feststellen: *Die Kinder, die er nicht hatte verlassen wollen, waren längst erwachsen und aus dem Haus. Die Ehefrau, an der er festgehalten, hatte immer schon eine dem Selbstschutz dienende Detachiertheit an den Tag gelegt, aus der im Lauf der Zeit, während sie gemeinsam alterten, ein entschlossener, mit trockenem Humor und undurchdringlicher Würde gewahrter Abstand wurde*. Auch hier sind es harte Kämpfe gewesen, doch Frank und Ann *kauerten sich nieder zu streitbarer, anklägerischer und gegenanklägerischer Erneuerung ihrer Gelübde, unterbrochen von Pausen humorvoller Kampfmüdigkeit.* Einmal begegnet die siegreiche Ehefrau der Nebenbuhlerin und reagiert unbarmherzig, wie Frank ihr vorhält. «*Nicht so unbarmherzig, wie mir meinen Mann wegnehmen zu wollen*», antwortete Ann. Er: «*Das wollte sie doch gar nicht.*» Sie: «*Nein? Was dann? Vögeln als Andachtsübung?*»

Updike, der versierte Dialogschreiber, hält sich in diesen Erzählungen mit der direkten Rede zurück, nutzt sie nur für knappe Szenen. Mehr liegt ihm dieses Mal an der Summe der Erfahrungen. *Auch wenn einer Versöhnung auf einer solchen Grundlage keine Dauer beschieden war, schuf sie doch für einige Zeit eine verschwörerische Nähe*, heißt es etwa über Frank und Ann. Das Leben, so die Botschaft all dieser Erzählungen, umfaßt das Verlorene und das Vergessene ebenso wie das Erträumte: *Es gab Frauen, mit denen zu schlafen man versäumt hatte, und gerade die sind einem mit perverser Intensität in Erinnerung.*[194]

In unserem Gespräch 2002 lachte Updike laut auf bei der Frage, ob das auch seine Erfahrung sei. *Allerdings*, sagte er dann ohne Umschweife. *Nach der Eroberung gibt es die altbekannte Tristesse. Die unerreichbare Prinzessin als die Frau, mit der man jeden Abend speisen kann. Im übrigen will ich gar nicht unbedingt zurückblicken wie meine Helden in den Erzählungen. Aber worüber ich sonst schreiben könnte, was ich sonst so erlebe, das ist der Besuch beim Arzt. In Paris war ich bei einem französischen Ehepaar eingeladen, zum Abendessen, so wie man es in Europa eben macht: mit Pausen zwischen den Gängen, in denen man sich klug unterhält – und als der Mann sich über das Verhalten von jemand aufregte, sagte seine Frau nur: «Was willst du? Alle sind verrückt.» Das hat mir gefallen. Es ist nicht leicht, ein denkendes Wesen zu sein. Tiere sind nicht verrückt. Aber wir? Wer jemals gedacht hat, das klappt mit unseren Körpern und Impulsen, mit den Zwängen von Zivilisation und Betriebsamkeit, und dann macht man noch seinen Job, der ist verrückt. Im Innern ist man verrückt.*

Und was bedeutet es für den Schriftsteller, auf alte Zeiten zurückzublicken, statt – wie früher einmal – aus dem aktuellen Leben schöpfen zu können? Updike antwortete: *Gewiß, die Tem-*

John Updike mit dem Autor in Boston, 2006

peratur ist niedriger, wenn man von Vergangenem spricht. Das hat weniger Dramatik, als wenn man über etwas redet, was gerade passiert. Aber mit Siebzig passiert eben nicht mehr viel. Man bekommt die eine oder andere Krankheit und baut langsam ab. Oder, in ganz wenigen Fällen, kriegt man den Nobelpreis. Aber über kurz oder lang kurbeln sich die Abenteuer des Lebens herunter. Also wird das alles langweiliger, als man gewohnt war. Als ich in meinen Dreißigern war mit all diesen Kindern um mich herum und all den anderen jungen Paaren, da war einiges los. Die Dinge passierten einfach. Und einige dieser neuen Erzählungen blicken darauf zurück. Aber die Rückschau ist etwas anderes als das direkte Erleben und der Versuch, das alles zu verstehen.[195]

Die Erinnerung führt in *Wie war's wirklich* weit zurück in die Kindheit: In zwei Erzählungen, die ganz offensichtlich Porträts von Updikes Eltern sind (*Mein Vater am Rande der Schande* und *Die Katzen*), beschwört der Erzähler einmal mehr ein längst verschwundenes Amerika, als die kleinen Städte noch nicht *bloße Grenzmarkierungen auf der Karte eines Bauunternehmers* waren und man noch kein Auto für die Einkäufe benötigte. Der, der damals ein Kind war, erinnert sich: *In einer so kompakten Stadt wie der unseren kam man in fünfzehn Minuten überall zu Fuß hin, und die Region war von einem dichten Schienennetz durchzogen* – unvorstellbar heute, da längst eine riesige Mall den Platz erobert hat, an dem früher ein Molkereibetrieb oder ein Silo als Landmarke stand. Was übrigbleibt: *Kettenläden mit postmoderner gläserner Außenhaut und eine große mit Asphalt zugedeckte Wiese voller Autos.*[196] Wie ein elegischer Grundton durchziehen solche nostalgischen Momente die Geschichten, drängen sich aber nicht vor.

Ein Rückblick auf die besten Jahre? Bei Updike hat es eher den Anschein, als würden seine besten Jahre gerade stattfinden, jedenfalls für ihn als Erzähler, der alle Bürden des Alters mit Anstand und – wie es scheint – Leichtigkeit trägt: indem er darüber schreibt. Und dazu gehört auch eine Erfahrung, die sein Stellvertreter Bech macht. Nach der Lesung ist er allein. Seine Zugbekanntschaft hat sich heimlich davongeschlichen, wie damals, als sie ihn auf dem Bahnsteig stehenließ. Was ihm bleibt, ist der Anblick der eigenen Bücher auf dem Tisch des Buchhändlers, und sie erfüllen ihn in diesem Augenblick mit Ekel: *Einerlei, wie viele er verkaufte und signierte, immer blieben ganze Stapel übrig.*[197]

Updike, der so viele Jahrzehnte als Schriftsteller präsent und erfolgreich war, wurde von dem Gefühl umgetrieben, daß das, was er schreibt und anbietet, sein Publikum verliert. Schon Mitte der neunziger Jahre sagte er im Gespräch voller Skepsis: *Ich war in den fünfziger Jahren auf dem College. Damals wurde ein geradezu priesterliches Bild des Schriftstellers vermittelt: Ein Schriftsteller war ein höheres Wesen. Mich beschleicht in letzter Zeit das schreckliche Gefühl, daß die Art Buch, die ich zu schreiben imstande bin, ein Buch von einigem thematischen Gehalt, ein wenig paradox, mit einer kleinen Aufforderung zum Mitdenken und ein paar Gedankenspielereien – daß all das obsolet ist, daß die Leser für ein solches Buch mit meiner Generation aussterben. Kurz: daß ich eigentlich ein Produkt herstelle, für das es keinen richtigen Markt gibt. Es bleibt also ein nagendes Gefühl, das man sich 1959 noch gar nicht vorstellen konnte, nämlich daß sich einem das ganze Fundament künstlerischer Unternehmungen unter den Füßen verschoben hat – wie bei einem kleinen Erdbeben. Und just die Art Vergnügen, die man seinen Lesern anbietet, scheinen manche nicht mehr als vergnüglich zu empfinden. Immerhin gibt es noch genug Leute meines Alters. Die werden für meine Lebensspanne ausreichen.*

Updike konnte sich nie über mangelnden Zuspruch der Leser beklagen. Was aber im Laufe der Jahre nachließ, war die wüste Beschimpfung, sogenannte «hate mail»: *Früher gab es oft Drohungen und Beschimpfungen. Das heißt wohl, daß ich jetzt ein alter Hut bin. Früher haben mich oft Frauen beschimpft. Frauen, die etwas anstößig fanden. Nun bekomme ich nur noch Anfragen wegen eines Autogramms. Statt Schriftsteller bin ich eine Berühmtheit geworden.*[198]

Im selben Jahr wie die Erzählungen kam ein weiteres Buch heraus: der Roman *Gertrude and Claudius* (*Gertrude und Claudius*, 2001). Dieses Mal wagte sich der Schriftsteller an ein literarisches Heiligtum: Er erzählt schlicht und – in des Wortes wahrer Bedeutung – ergreifend die Vorgeschichte zu Shakespeares «Hamlet», nämlich die Liebesgeschichte der Königin und des neuen Königs von Dänemark, der aus Leidenschaft zum Mörder am eigenen Bruder, dem früheren König und Vater Hamlets, geworden ist. Gestützt auf Quellen aus dem 16. Jahrhundert, zeigt Updike die Geschichte aus der Sicht der Liebenden – und läßt seinen Roman da enden, wo Shakespeare gewissermaßen übernimmt und Hamlet auftreten läßt: An dem, was sich dann ereignen wird, kann auch Updike nichts mehr ändern.

Es gebe viele Gründe, für diesen Roman dankbar zu sein, schrieb 2001 aus Anlaß der deutschen Ausgabe der junge Schriftsteller Daniel Kehlmann und hob vor allem das Raffinement hervor, «mit dem er auf Shakespeares Stück zurückführt, um sozusagen hineinzumünden; er bereitet es, viele Handlungsstränge verknüpfend, vor und endet, da er es erreicht hat». Kehlmann stellt Updikes Buch dabei auf eine Stufe mit Thomas Manns Roman «Der Erwählte» und Nabokovs «Durchsichtige Dinge», es besitze alle Zutaten eines Alterswerks: «Es ist spielerisch und gelehrt, fast geisterhaft in seiner eleganten Distanziertheit, vorgetragen in einem eigentümlich gelassenen Ton und geprägt von der erzählerischen Intelligenz, die schon immer Updikes gelungene Texte geprägt und selbst die weniger gelungenen noch lesenswert gemacht hat.»[199]

Die Autorin Elke Heidenreich, die dieses Werk einige Jahre danach in ihre Auswahl für eine Roman-Edition der Zeitschrift «Brigitte» aufnahm, schrieb in einem Begleittext begeistert: Updike verquicke «historische und literarische Quellen mit seiner eigenen Fantasie». Herausgekommen sei dabei «einer der schönsten und sinnlichsten Liebesromane, die ich kenne, und endlich spielt mal nicht alles in den Betten schöner junger Menschen, sondern hier treffen sich zwei Leidenschaftliche in der Mitte ihres Lebens, wenn es nicht mehr ganz so einfach und nicht mehr ganz so selbstverständlich ist, sich voreinander auszuziehen».[200]

Mit den beiden 2000 publizierten Büchern *Licks of Love* und *Gertrude and Claudius* hatte Updike gleich zu Beginn des neuen Jahrtausends gezeigt, daß er gar nicht daran dachte, es ruhiger angehen zu lassen, und daß Produktivität im Alter nicht nachlassen muß. Gegen den Vorwurf, er schreibe zu viel, hatte ihn übrigens schon zwanzig Jahre zuvor seine ebenfalls sehr fleißige Kollegin Joyce Carol Oates mit den schönen Worten in Schutz genommen: «Heutzutage scheint es eine Art Schrulligkeit zu sein, wenn ein Schriftsteller tatsächlich schreibt. Jemand hat gesagt, daß John Updike so häufig Bücher publiziere wie John O'Hara. Das ist eine Einstellung, die ich nicht verstehen kann. Jedes Buch von Updike ist ein glückliches Ereignis. Je mehr davon, desto besser.»[201]

Das ungestüme Alterswerk

Updikes belletristisches Werk ist in seinem Umfang wahrlich beeindruckend. Aber auch seine literaturkritischen und essayistischen Arbeiten dürften von der Kontinuität und Summe her – von der Qualität ganz zu schweigen – manchen Berufskritiker und Literaturprofessor vor Neid erblassen lassen. Zum ersten Mal sammelte Updike 1965 theoretische Texte (auch über das eigene Werk) unter dem Titel *Assorted Prose* in einem Buch. Es folgte zehn Jahre später der Band *Picked-Up Pieces* (1975), dann in kürzerem Rhythmus *Hugging the Shore* (1983), *Odd Jobs* (1991), *More Matter* (1999) und *Due Considerations* (2007) – zum Teil großformatige Wälzer von gut 900 Seiten. Nur ein kleiner Ausschnitt davon ist ins Deutsche übersetzt worden: der Essayband *Amerikaner und andere Menschen* (1987) präsentiert eine Auswahl aus *Hugging the Shore*, der Band *Vermischtes* (1995) aus *Odd Jobs*, die beiden Bände *Wenn ich schon gefragt werde* (2001) und *Updike und ich* (2002) aus *More Matter*, schließlich *Fällige Betrachtungen* (2010) aus dem letzten Sammelwerk.

Viele seiner Kritiken und Aufsätze hatte Updike zuerst in seinem Hausblatt «The New Yorker» veröffentlichen können, aber in den neunziger Jahren gab es auch bei diesem Magazin Bestrebungen, die Beiträge flotter und kürzer zu gestalten, was der fleißige Mitarbeiter in einem Gespräch mit Nachsicht kommentierte. Seine Art der Buchkritik sei *ein Produkt aus der Zeit von William Shawn, als es noch mehr Platz gab und man lang und ausführlich über Bücher schreiben konnte, die vielleicht 3000 Stück verkaufen, also so etwas wie Thomas Bernhard*. Nun stelle man eben lieber aktuelle Best-

> *Meine Überzeugung als Literaturkritiker war immer, daß ich als Amerikaner von europäischen Autoren viel lernen kann. Europäer interessieren sich für die Theorie des Erzählens. Sie wissen, daß es da im späten 20. Jahrhundert ein Problem mit der Fiktion gibt. Die Amerikaner kapieren immer noch nicht richtig, daß das Erfinden in der Literatur eine verwirrende Angelegenheit ist. Das finde ich spannend, auch den experimentellen Aspekt daran.*
> John Updike, 1994

Umschlag der Essaysammlung «Hugging the Shore», 1983. Teile daraus erschienen 1987 unter dem Titel «Amerikaner und andere Menschen» auf deutsch

seller vor. *Kurz: Es geht weniger gelehrsam zu. Und viele meiner Kritiken waren auf ihre Art gelehrsam. Es ging da eher um Bücher, die mich interessierten, von denen ich etwas als Schriftsteller lernen konnte, als um solche, die jedermann lesen wollte.*

Bedauerte er, nicht mehr so häufig gefragt zu werden? *Nein, das ist schon in Ordnung. Ich wollte ohnehin weniger Bücher besprechen. Ich bin als Schriftsteller nebenbei zur Buchkritik gekommen. Dann starben die alten Kritiker aus, und meine Mitarbeit wurde immer wichtiger, bis ich am Ende eine Rezension pro Monat schrieb – und das war einfach zuviel. Es bestand die Gefahr, daß ich auch so ein pingeliger alter Kritiker würde... Daher freue ich mich darüber, daß ich nun weniger zu tun habe. Was ich vermisse, ist der Kontakt zur ausländischen Literatur.* [202]

Im übrigen zeigte sich bei Updike wieder ein stetig wachsendes Interesse an jener Kunstform, die er als erstes für sich entdeckt hatte: der Malerei. Neben seinen Beiträgen zur Literatur hatte er immer schon regelmäßig journalistische Arbeiten über Maler und Malschulen geschrieben, aus Anlaß von Ausstellungen, Jubiläen oder einfach seinen eigenen Vorlieben folgend. Er sah sich in der Rolle des Betrachters, weniger des Kunstrichters – und entsprechend lauten auch die Titel seiner beiden ganz der Kunst gewidmeten Essaybände: *Just Looking* (1989) und *Still Looking* (2005). In dem ersten dieser Bände, die im Farbdruck

John Updike in New York, 1994

hervorragend illustriert sind, erinnert er sich gleich zu Beginn jenes Besuchs im Alter von zwölf Jahren im Museum of Modern Art, damals begleitet von der Schwester des Vaters, *die später behauptete, sie habe nie zuvor ein Kind mit so viel Interesse an diesem Ort gesehen*[203].

Es hat lange gedauert, bis Updike auch ein fiktionales Werk ganz der bildenden Kunst widmete. In seinem 2002 publizierten Roman *Seek My Face* (2004 auf deutsch unter dem Titel *Sucht mein Angesicht*) ließ er die Witwe eines berühmten Malers ungeniert aus ihrem bewegten Leben plaudern und über die US-Kunstszene lästern. Gesprächsweise skizzierte er sein Buch und seine Absicht so: *Es geht um die 78 Jahre alte Witwe eines Malers, dessen Figur Jackson Pollock nachgebildet ist. Anders als Lee Krasner, die tatsächliche Pollock-Witwe, heiratet meine Heldin wieder – einen Künstler, der so eine Art Pop-Artist ist. Dann zerbricht diese Ehe, und sie heiratet einen Sammler. Es ist eine kleine Geschichte der amerikanischen Nachkriegskunst.*

Der in Ort und Zeit streng reduzierte Roman schildert die Situation eines Interviews: Eine junge Journalistin ist eigens mit dem Auto aus New York gekommen, um in Vermont die alte Dame zu befragen, die zurückgezogen lebt und ihre eigenen Bilder malt. Die Kunstkritikerin behauptet, es gehe ihr vor allem um die Malerin Hope Chafetz, nicht so sehr um sie als die Witwe eines weltberühmten Genies der abstrakten Malerei, des Schöpfers monumentaler, inzwischen für Millionen gehandelter Bilder. Also läßt sich Hope auf das Gespräch ein, und dann sind die beiden auch schon beim Fachsimpeln über die amerikanische Kunst in der zweiten Hälfte des 20. Jahrhunderts. Es zeigt sich schnell, daß sich das Private vom Beruflichen sowenig trennen läßt wie die Kunst vom Leben. Es macht der alten Dame sogar Vergnügen, die studierte Journalistin, die ihre Fragen auf viele Blätter getippt hat, ein wenig zu provozieren. Updikes Antwort auf die Frage, wie er auf diese ungewöhnliche Form gekommen sei: *Mit der Form des Interviews habe ich Erfahrung. Zum Arzt zu gehen und interviewt zu werden: Das sind die Hauptabenteuer meines Lebens jetzt.*[204]

Die alte Künstlerin plaudert munter über ihre früheren sexuellen Vorlieben und ihre Erlebnisse im Bett, nicht nur mit ihrem ersten Ehemann. Am Ende wird aus dem Interview ein Lebensbericht, der sich über einen ganzen Tag hinzieht. Die Befragte schwankt dabei zwischen mütterlicher Besorgnis und Ärger über die Beharrlichkeit der Interviewerin, die irgendwann zugibt, noch gar keinen Abnehmer für ihren geplanten Artikel zu haben. Das ist auch schon alles an Handlung in diesem Roman mit dem spröden Titel, der auf einen Psalm zurückgeht.

Die Begeisterung für die Moderne, zumal für die abstrakten Expressionisten, überläßt Updike im Roman der jungen Frau. Die schwärmt von dem historischen Moment, jener *Explosion, als alles zusammenkam und Amerika die Rolle von Paris übernahm und wir zum allerersten Mal führend waren in der Weltkunst.* Sie will wissen: Wie kam es dazu? Ganz einfach, erklärt ihr die Zeitzeugin Hope: *Die anderen Länder lagen nach dem Krieg am Boden. Sie waren erschöpft. Deshalb haben wir auch bei den Olympischen Spielen 1948 so fulminant abgeschnitten – alle anderen waren noch*

Jackson Pollock, 1950

geschwächt vom Hunger. An der Malerclique in New York sei der Krieg völlig vorbeigegangen: *Wir waren ausschließlich auf uns selbst fixiert [...] Wir redeten über Malerei und darüber, wer mit wem vögelte.*[205]

Der berühmte Maler, mit dem die alte Dame einst verheiratet gewesen ist und der früh starb, heißt im Roman Zack McCoy und ist leicht als Jackson Pollock zu identifizieren, der seine abstrakten Riesenbilder am liebsten auf dem Boden malte, weil er dann das Gefühl hatte, «dem Bild näher zu sein, mehr ein Teil davon», wie er einmal geäußert hat.[206] Hope erinnert sich: *Es liegt so viel Unschuld darin, wie dieser Mann um das Stück Leinwand auf dem Fußboden herumtanzt und sich immer wieder hinkniet.* Ansonsten aber läßt Updike seine Zeugin diese Sternstunde amerikanischer Malerei bemerkenswert kritisch sehen: sowohl was die Kunst ihres ersten Ehemanns angeht – *Er war schrecklich ungeschickt mit dem Zeichenstift, mit dem Pinsel*[207] –, als auch die des erfolgreichen und vermögenden Pop-Art-Künstlers Guy Holloway, ihres zweiten Mannes, mit dem sie drei Kinder in die Welt setzte. Dieser

Guy ist eine drollige Mischung aus einer ganzen Reihe von Malergrößen: Robert Rauschenberg, Jasper Johns, Claes Oldenburg, Roy Lichtenstein und besonders Andy Warhol. Auch andere Künstler aus der Zeit sind problemlos zu entschlüsseln: Mark Rothko taucht hier als Seamus O'Rourke, Willem de Kooning als Onno de Genoog auf.

Rückblickend, so Hope, sei es kaum zu begreifen, *warum wir alle so herabgesehen haben auf Gegenständlichkeit, so die Nase über sie gerümpft haben [...]. Ich frage mich jetzt, ob nicht alle Malerei anekdotisch ist, eine Geschichte, die der Maler erzählen möchte.* Da spricht dann wieder der Erzähler Updike, der diesen zarten Gesprächsroman auch nützt, um über das Altern als Künstler zu reden. Als die Malerin von der beharrlichen Besucherin am Ende tatsächlich noch nach der eigenen Kunst befragt wird, sagt sie über ihre neuesten Bilder: *Ich nehme an, sie haben das Angsteinflößende und Traurige von letzten Dingen, vom Tod – warum es nicht aussprechen?*[208]

Das Thema des Alterns bestimmt den zwei Jahre danach, 2004, erschienenen Roman *Villages* (*Landleben*, 2006) noch weitaus mehr. Selbst an den weißen hölzernen Kirchen, die bis heute das Bild der ländlichen Kleinstädte Neuenglands prägen, blättert zu Beginn des 21. Jahrhunderts die Farbe ab: *Die Türme sind morsch und drohen einzufallen.* Owen Mackenzie, 70 Jahre alt, hat Glück gehabt im Leben: Er fand einst die richtige Frau (seine erste), Phyllis, die ihn ermutigte, seinen einzelgängerischen Interessen zu folgen, hatte einen klugen Vater, der ihn das Richtige studieren ließ, und einen guten Partner, Ed, der im richtigen Moment den Vorschlag machte, das im Studium Erworbene für den Eintritt in die Computerbranche zu nutzen und mit 27 eine Firma für Software zu gründen, noch bevor dieser Begriff gängig wurde. Vor allem hat Owen, wiederum auf den Rat von Ed hin, 1978 das gemeinsam in einer Kleinstadt in Connecticut betriebene Unternehmen E-O Data Management an die da noch in voller Blüte stehende Firma Apple verkauft. Beide Unternehmer sahen damals *eine fremde Zukunft* heraufdämmern, in der sie nicht mehr mithalten würden, *eine Welt der Computer, die wie Schreibmaschinen für den Massenmarkt hergestellt wurden.* Später haben sie ihre

Apple-Aktien mit großem Gewinn verkauft, noch bevor *der kalte Schatten von Microsoft sich über die gesamte Computer-Welt legte.*[209]

Der Roman *Landleben* enthält so nebenbei eine kurze Geschichte des Computers und der elektronischen Datenverarbeitung, wie schon in Updikes *Rabbit*-Tetralogie die Auto- oder in dem Roman *Gott und die Wilmots* die Filmbranche Thema war: niemals aufdringlich belehrend, stets im faßbaren Detail erzählt. Während Owens Studium zu einer Zeit, als Computer *elektronische Dinosaurier* waren und noch ein Gewicht von Tonnen hatten, lautet etwa die vielbelachte Prognose eines Kommilitonen: *Nicht mehr lange, dann haben wir Computer, die nicht größer sind als ein Kühlschrank.*[210]

Im Zentrum des Romans steht freilich etwas anderes – und das ist nicht der muntere Sex der mittleren Jahre, die Lust an erotischen Grenzgängen, sondern die düstere Kehrseite des Menschenlebens: das Nachlassen der Kräfte, die nahe Schwelle zu Verdämmern und Tod. Updike bewältigt dieses Sujet souverän, und wenn *Landleben* auch kein besonders heiteres Buch geworden ist, so doch ein sehr mutiges. Der Rückschau haltende Held Owen macht sich nichts vor und sieht sich in seiner ganzen Hilflosigkeit, zumal auch die Religion der Väter keinen Trost mehr für ihn bereithält. Zwar *kann er noch sehen und auf den eigenen Beinen gehen*, hat aber nur noch wenig Neigung, überhaupt das Haus zu verlassen, die neuesten Nachrichten im Fernsehen scheren ihn kaum. Überhaupt findet er es immer häufiger ganz unnatürlich, am Morgen *das Bett zu verlassen für das gleiche langweilige Kleie-Getreideflocken-Frühstück. [...] Jetzt sind die Knochen abgenutzt, irreparabel: Der Schaden und die Schmerzen werden ihn bis ans Grab begleiten.* Besonders quälend sind die wachen Stunden im Bett gegen drei Uhr früh. Dann ist Owen wehrlos seinen Erinnerungen und der Angst vor dem Ungewissen ausgeliefert, sein Leben kommt ihm rückblickend wie eine Kette *aus Angst, Begehren, Ehrgeiz und Schuld* vor.[211]

Da hilft selbst die körperliche Nähe seiner geliebten zweiten Frau Julia nichts, die er mit Mitte Vierzig geheiratet hat und mit der zusammen er eine Chance sah, *sich in ungefährdete eheliche Fleischeslust und Gehorsamkeit einzugewöhnen*, sich bis ans

Lebensende sicher, geborgen und geliebt zu wissen. Doch nun hat er, der einst so erfolgsverwöhnte Ehebrecher, der Verführer und öfter noch Verführte, Probleme mit der Lust im Alter. Daher imaginiert er, um wieder einschlafen zu können, seine ehemaligen Geliebten, besonders die fremden und willigen Ehefrauen der kleinen Stadt Middle Falls, in der er als erfolgreicher und angesehener Unternehmer mit seiner sechsköpfigen Familie lebte. Gespensterhaft sind diese Erinnerungen bisweilen, manches für ihn Peinliche hätte er lieber vergessen. Der abrupte Rückzug von Alissa etwa, glaubt er, *gereichte ihm so wenig zur Ehre, daß er die Einzelheiten verdrängte.*[212]

Und damit schlägt Updike, ein wenig zögerlich, doch noch den Bogen zu seinem großen Lebensthema – und zu seiner ebenso alten wie schlichten Frage: Warum machen die Frauen so sonderbare und herrliche Sachen mit den Männern? Oder, um es mit dem krassen Wort zu sagen, das in diesem Roman gern, aber immer mit historischer Distanz verwendet wird: *Warum ficken Frauen?* Erst nach mehr als 250 Seiten, ungewöhnlich spät für diesen Autor, wird ein Liebesakt anschaulich beschworen, mit jener Updikeschen Beobachtungsgabe, die weit über jedes pornographische Stereotyp hinausweist. Alissa ist Owens zweite Geliebte gewesen, und er beobachtet sie mit wissender Kennerschaft: *Anders als die lächelnde Faye mit ihren hellen Lenden kam sie unmißverständlich, mit einem immer schneller werdenden, hohen Keuchen, das auf dem Höhepunkt, den beide Liebenden kaum noch zu erreichen hofften, abrupt in ein sehr viel niedrigeres Wimmern wechselte, als wäre sie geschlagen worden, während die zweite Hand, die sie sich nicht halb in den Mund gesteckt hatte, auf Owens Rücken flatterte wie ein Flügel in Panik.*[213] Es gibt noch explizitere Passagen, doch stets bleibt eine Dimension melancholischer Verwunderung wahrnehmbar. Updike spürt mit seinem Helden, an dessen Perspektive er sich streng hält, noch einmal den Mysterien des Sexus nach, die für den alternden Owen langsam ins Unwirkliche absinken – nur in der Erinnerung leben die Szenen noch einmal auf, manchmal beglückend, oftmals bedrängend.

Es waren die Frauen, die ihn als möglichen Liebhaber erkannten und ermunterten, in jenen Jahren, als das *polymorphe*

Leben lockte: Die dunklen Götter waren in Mode. Jeder sündigte, sogar die Regierung ... Sex galt damals als unschuldig, auch wenn die, die ihn praktizierten, es nicht waren. Updike ist ein Philosoph des Eros, er findet in der Rückschau Formulierungen für das Erlebte, die ans Wunderbare grenzen. Und er bleibt immer Erzähler. Die altersweise Gegenwartsebene, weitgehend im Präsens gehalten, ist der Rahmen; den Wechsel zwischen den Zeiten bewältigt er lässig: raffend und retardierend, rückblickend und vorwärtsdrängend, dialogreich und referierend, eben wie einer, der sein Handwerk über ein langes schöpferisches Leben hin erlernt hat. Der Roman bietet insgeheim auch ein Selbstporträt des Künstlers als alternder Mann: Owens *gegenwärtiges vorzügliches weißes Haus am Meer* ist das eigene, in das Updike mit seiner zweiten Frau vor einem Vierteljahrhundert gezogen ist, damals noch etwas ängstlich, ob er sich diese Villa wirklich leisten dürfe.[214]

Und hier hat der traurig-schöne Roman auch seine komischen Seiten. Die bubenhafte Aufmüpfigkeit, mit der ein alter Mann die Gängelung durch seine strenge Ehefrau bloßstellt, ist köstlich in ihrem Ernst – und von der Hoffnung, es könne doch noch Geborgenheit geben, wenigstens am Ende des Lebens, bleibt nicht viel übrig. *Nimm diese absurde Mütze ab*, sagt seine Julia. *Und nimm deine schmutzigen Füße von meinem antiken Stuhl.* Warum er nie gelernt habe, sich die Haare zu kämmen, fragt sie. Und mit seinen 70 Jahren muß Owen sich immer noch anhören: *Deine Mutter hat dir aber auch gar nichts beigebracht*, oder: *Mit guten Manieren fängt alles an.* Der Held nimmt es gelassen, als Beweis für den Wunsch der Gattin, *daß er höchsten Maßstäben gerecht wird.*[215]

In diesem Roman zieht Updike die Summe eines Lebens. Er weicht den Ängsten des Alters nicht aus, sondern bändigt sie mit starker erzählerischer Hand. Am Ende mischen sich die Motive zu einem Abgesang, von dem man sich wünscht, er möge niemals aufhören. Für den Leser ist es ein Glück, einen Autor zu erleben, der nun schon über so viele Jahrzehnte munter weiterschreibt und den Weg so wacker ausleuchtet – wahrhaft ein Cicerone, an dessen Lippen man hängt. Und *Landleben* ist eines jener Bücher, die das Bündnis mit dem Leser stärken, die ihn dazu bringen auszurufen: Nicht nachlassen! Wir wollen noch ein wenig weiter

John Updike 1983 vor seinem Haus in Beverly Farms

begleitet, beobachtet und beschützt werden. Amerika ist in diesem Roman allerdings ein kaltes Land. *Nur die Reichen*, heißt es, *können sich die alten Strukturen leisten, die uns von der Wiege bis zum Grab tragen, wohlgenährt, gut gekleidet und geachtet.* Und: *Die Vereinigten Staaten sind ein konservatives, auf Radikalismus errichtetes Land.* Immer seltener gebe es Orte, *wo man hingehörte.*[216]

Seine Kritik an Amerika, an den Moden und Sitten der Zeit, spitzte Updike in dem folgenden Roman *Terrorist* (2006, im selben Jahr unter diesem Titel auch auf deutsch erschienen) noch zu – und wählte dafür die Perspektive eines jungen fanatisierten Gläubigen. Für diesen Ahmed ist schon die Schule eine einzige *Höllenburg*, die es schnell hinter sich zu lassen gilt, *wo die Jungen andere nur so zum Spaß quälen und verletzen und die ungläubigen Mädchen hautenge Hüfthosen tragen, die fast – bis auf einen Zentimeter, hat Ahmed geschätzt – so tief sitzen, dass sie den Blick auf die obersten Schamhaarlöckchen freigeben.* Zu seinem Beratungslehrer, dem verständnisvollen, aber resignierten Juden Jack Levy, Anfang Sechzig, sagt Ahmed über diese Welt: *Und weil sie keinen Gott besitzt, ist sie auf Sex und Luxusgüter versessen. Schauen Sie sich doch nur das Fernsehen an, Mr. Levy. Immer setzen sie dort Sex ein, um Ihnen Sachen zu verkaufen, die Sie nicht brauchen.*[217]

Ahmeds anderer Lehrer sitzt in einer abgetakelten Moschee – schon die Allerweltsadresse der Räumlichkeiten, in denen der 18jährige seine Koran-Unterweisung erhält, spricht für sich: in der West Main Street, Hausnummer 2781 ½. Dort, in der ersten Etage *über einem Nagelsalon und einer Scheckauszahlungsstelle* bringt Ahmeds Lehrer, Scheich Rashid, seinem einzigen Schüler die Verheißung des Paradieses näher und warnt ihn vor den Fallstricken der Sünde. Der junge Mann, der kurz vor dem Schulabschluß steht und über keinerlei Erfahrung mit Mädchen verfügt, wird von dem nur wenig älteren Mann belehrt: Die Kopulation sei *geradezu der Inbegriff des irdisch Vergänglichen, des nichtigen Genusses.* Oder noch deutlicher: *Enthalte dich und wende dich ab! Komme ohne diese Frauen von nicht-himmlischer Leiblichkeit aus, ohne dieses irdische Gepäck, ohne diese unreinen Geiseln, die dich vom Glück abhalten! Reise mit leichtem Gepäck, geradewegs ins Paradies!* Das Paradies ist, so wird bald deutlich, das eigentliche Ziel, und das heißt im Klartext: Ahmed wird von dem Scheich, den er wie einen Vater verehrt, so behutsam wie nachdrücklich zu einem Selbstmord-Attentäter geformt: *Sag mir, Ahmed, fürchtest du dich davor, ins Paradies einzuziehen?* Der Junge verneint die Frage aus vollem Herzen. Natürlich will er so rasch wie möglich ins Paradies kommen und gern tun, was sein Gott angeblich von ihm erwartet.[218]

Ahmed, dessen früh aus seinem Leben verschwundener ägyptischer Vater bei ihm eine Lücke hinterlassen hat, die – so eine Grundidee des Romans – als Einfallstor der Indoktrination dient, ist kein Immigrant, sondern einer aus der Generation jener Terroristen, die in der westlichen Welt aufwachsen und sich von ihr mit tödlichem Haß abwenden. Seine rothaarige Mutter, alleinerziehend und irischer Abstammung, führt mit wechselnden – meist verheirateten – Liebhabern ein einigermaßen zufriedenes Leben und versucht, ihrem Sohn in seinen Wünschen entgegenzukommen, so gut es eben eine aufrechte Amerikanerin kann. Die ersten Male hat sie Ahmed sogar zu seiner Moschee gefahren.

Ahmed ist kein übler Bursche, er ist sogar – eine andere Grundidee des Romans – über weite Strecken ein sympathischer Held. Der Junge läßt immer wieder Zeichen menschlicher Anteilnahme erkennen, zeigt Mitleid mit den Opfern des September-Anschlags, dessen Jahrestag im Roman bevorsteht, besonders mit jenen Menschen, *die gesprungen sind.* Er sagt einem Glaubensbruder (der sich später als CIA-Agent entpuppen wird): *Wie furchtbar, so von Hitze umzingelt zu sein, dass es besser ist, in den sicheren Tod zu springen. Ich muss immer an das Schwindelgefühl denken, das einen befällt, wenn man hinunterblickt, bevor man springt.*[219]

Der Roman *Terrorist*, pünktlich zum fünften Jahrestag publiziert, handelt weniger vom 11. September 2001 als von seinen Auswirkungen – wie so viele Romane und auch Filme seither. Doch weder Philip Roth («Jedermann») noch Jay McInerney («The Good Life»), weder Jonathan Safran Foer («Extrem laut und unglaublich nah») noch Paul Auster («Brooklyn Revue») sind in ihren Büchern so weit gegangen wie Updike. Bei diesen Autoren bleibt die mit «9/11» bezeichnete Bedrohung und Ver-

Der Terroranschlag auf das World Trade Center in New York am 11. September 2001

unsicherung zwar nicht unbedingt im Hintergrund, doch allein Updike hat sich zugetraut – oder zugemutet –, einem Terroristen literarisch derart nahezutreten, ihn aus sich selbst heraus verstehen zu wollen. Kann das überhaupt gelingen?

Updike hat zunächst eine kluge Vorentscheidung getroffen, indem er seinen Terroristen als Amerikaner zur Welt kommen läßt, also einen «home-grown terrorist» zu seinem Helden macht, einen jungen Mann, der im Prinzip dieselbe Welt kennt wie sein Autor, nur eben aus einigermaßen verschobener Perspektive. Ursprünglich hatte Updike kurzfristig einen fundamentalistischen Christen als Romanfigur im Sinn, was er dann aber verworfen hat. Für ihn war es reizvoller, die eigene Gesellschaft aus Ahmeds Blickwinkel zu kritisieren. *Eine Menge von dem, was er wahrnimmt und um sich herum sieht, ist gewiß für jeden von uns sichtbar, nicht nur für einen Anhänger des Islam,* so hat Updike im Gespräch bestätigt. *Es ist offensichtlich, daß der Glaube bei uns ermüdet ist, egal ob es sich um das Christentum oder den Glauben an das eigene Vorwärtskommen oder das freie Unternehmertum handelt.*[220]

Einzig ein alter Einwanderer hält dem jungen Mann, der auf dem Weg zum Terroristen ist, seinen Glauben an die USA entgegen: *Amerika! Wie man das Land hier hassen kann, verstehe ich nicht. Ich bin als junger Mann hierhergekommen, […] und es gab keine Spur von all dem Hass und den Schießereien wie in meinem Land, wo alle in Stämme aufgeteilt sind. Christen, Juden, Araber, gleichgültig, schwarz, weiß, irgendwas dazwischen – alle kommen miteinander aus.*[221] Eine kleine Gegenstimme in diesem düsteren Roman, der freilich gerade in der kritischen Darstellung des amerikanischen Alltags seine großen Momente hat.

Einen sympathischen Terroristen überzeugend vor Augen zu führen, schafft selbst ein so versierter Erzähler wie Updike nicht – und doch weckt die Annäherung an den Helden, der rein bleiben möchte und einen mörderischen Plan verfolgt, bei ihm unbekannte Talente. So entwickelt sich sein Roman *Terrorist* zu einem regelrechten Thriller: Ob Ahmeds Plan gelingt, sich mit einem Lkw voller Sprengstoff im Lincoln-Tunnel zwischen New Jersey und New York in die Luft zu jagen, oder ob sein Lehrer Levy, der unterwegs zugestiegen ist, ihn davon abhalten kann, bleibt bis zuletzt offen.

Auf vertrautem Terrain bewegt sich der Autor dann wieder, wenn er den Ehebruch Levys schildert (der Lehrer hat eine Affäre mit Ahmeds Mutter): Seine traumwandlerische Sicherheit bei diesem Sujet kann ihm auch Ahmed nicht nehmen – zum Glück für den Roman, der eben doch am Ende mehr ist als das Psychogramm eines Terroristen. Wie aber kommt ausgerechnet Updike, der sich als Christ versteht, dazu, einem fundamentalistischen Imam das Wort zu erteilen und die westliche Lebenswelt mit den Augen eines zum Terrorismus verführten jungen Amerikaners zu sehen?

Seine Antwort im Gespräch: *Ich habe versucht, einen Terroristen von innen darzustellen. Er ist sympathisch und ein guter Sohn, zunächst durchaus gesetzestreu – ein typisches Produkt einer unglücklichen Verbindung zwischen zwei romantischen jungen Menschen. Der Vater, ein Araber, verschwand bald. Und der Junge hat versucht, diese Lücke mit dem Islam zu füllen, und wendet sich diesem Imam zu. Die Moschee spielt dabei die Rolle eines Außenpostens des Dschihad. Der Junge ist selbst ein Opfer. Wozu sollte ich über einen unsympathischen Terroristen schreiben? Das können die Zeitungen besser.*

Hatte er keine Furcht vor diesem Sujet? *Seit der Geschichte mit Salman Rushdie, spätestens aber nach der Affäre um die dänischen Cartoons sagt man sich: Laß die Finger von dem Thema! Das ist kein Stoff, der sich für ein Kunstwerk eignet! Aber wenn man es dann etwas nüchterner betrachtet, sagt man sich, daß ein Schriftsteller, der diese Berufsbezeichnung mit Stolz trägt, sich nicht von allem fernhalten kann, was Ärger machen könnte. Wozu sind wir da, wenn nicht dazu, über das zu schreiben, was von allgemeinem Interesse ist und den wunden Punkt einer Gesellschaft berührt.*[222]

Der Roman *Terrorist* mag nicht zu Updikes gelungensten zählen, aber daß einer mit Mitte Siebzig ein solches Wagnis auf sich nimmt, zeugt von der Gültigkeit dessen, was er schon vor Jahren in seiner Selbstbiographie formuliert hat: *Ich habe das beharrliche Gefühl, im Leben und in der Kunst, daß ich gerade erst anfange.*[223]

Epilog

Als Anfänger habe er einmal die ehrgeizige Hoffnung gehegt, *er könne in der langen Zukunft, die vor ihm lag, ganz Amerika als ein Mosaik darstellen*[224]. So spricht Henry Bech, Updikes Alter ego in der Erzählung *Sein Œuvre*. Es mag am Ende nicht das ganze Amerika geworden sein, doch zweifellos war John Updike der überragende literarische Chronist der USA in der zweiten Hälfte des 20. Jahrhunderts. Mit seinen Büchern hat er das Leben der Zeitgenossen begleitet und ihnen ein Bild ihrer selbst gegeben: als Beobachter der westlichen, amerikanisch geprägten Lebensart, als Pfadfinder durch die persönlichen Gefühls- und Erinnerungswelten, als stilistischer Hexenmeister, der über Tonlagen aller Couleur traumwandlerisch verfügte.

Als er am 27. Januar 2009 in einem Hospiz in der Nähe seines Wohnorts Beverly Farms an Lungenkrebs starb, hatte er (seit 1958) mehr als 50 Bücher veröffentlicht. Die Nachricht von seinem Tod kam überraschend. Noch im September 2008 war Updike auf einer ausgedehnten Russland-Reise unterwegs gewesen. Und im Oktober gab er aus Anlaß der Publikation seines Romans *The Widows of Eastwick* höflich und routiniert Interviews, wie gewohnt. Das gehörte für ihn zum Geschäft des Schriftstellers.

Sein Debüt war einst ein Band mit Gedichten. Und so war es vielleicht kein Wunder, daß sich unter den letzten drei Büchern, die Updike noch abschließen konnte, auch ein Lyrikband befindet, mit dem eindeutigen Titel *Endpoint*, ein stiller, stilvoller Abschluß und Abschied. Updike hielt sich nie für einen großartigen Lyriker, aber das Schreiben von Gedichten, angeregt oft von kleinen Alltagsszenen, war ihm zeitlebens ein Vergnügen, ein Ersatz vielleicht auch für das Tagebuch, das er nie geschrieben hat. Und es sind geschliffene Verse entstanden, so unscheinbar sie auch oft daherkommen. Bis wenige Wochen vor seinem Tod war er damit beschäftigt.

Zu Beginn des Lyrikbands *Endpunkt* steht ein Zyklus: In den letzten sieben Lebensjahren schrieb Updike sehr persönliche Gedichte, manche aus Anlaß seines Geburtstags, erstmals im März 2002, als er 70 Jahre alt wurde. Aufgenommen in diesen Zyklus hat er auch Verse, die im Krankenhaus entstanden, als er längst wußte, daß der Lungenkrebs weit fortgeschritten war, und ahnte, dass er seinen 77. Geburtstag nicht mehr erleben würde. Das letzte dieser wie hingetupft wirkenden Gedichte entstand am 22. Dezember 2008, gut einen Monat vor seinem Tod. Es ist erstaunlich und eindrucksvoll, wie gefaßt diese Gedichte sind, offen und eingängig, nie selbstmitleidig. Der durchgängige Tenor: ein fast kindliches Staunen angesichts des nahen Todes. Und die Empörung dagegen: *Gott bewahre uns vor dem Ende, das doch Milliarden ereilt hat.*[225]

Sogar Barack Obama taucht in diesen Gedichten als Hoffnungsträger nebenbei auf. Und es werden *Fahnen des letzten Romans per FedEx geschickt*[226]. Updike beschwört noch einmal Glück und Qual des Schreibens. Auch jetzt noch, am Ende eines wahrlich erfolgreichen Schriftstellerlebens, macht ihm der letzte Durchgang zu schaffen: das prüfende Vor und Zurück im Text.

Diesen letzten Roman *Die Witwen von Eastwick* konnte er im April 2008 abschließen, und er erschien noch zu seinen Lebzeiten. Updike hat darin auf Romanfiguren aus den achtziger Jahren zurückgegriffen, auf die unvergessenen Hexen Alexandra, Jane und Sukie, die mit Zauberkünsten und sexueller Freibeuterei eine amerikanische Provinzstadt aufmischten. Nun sind die drei Frauen alt, verwitwet, haben Angst vor Krankheiten und dem Tod. Und sie verabreden sich zu einer befristeten Rückkehr an den Ort ihrer Schandtaten, nach Eastwick.

Unvergessen ist dort, dass einst eine Frau zu Tode kam, möglicherweise mittels der Zaubersprüche, mit denen die drei die Rivalin zuvor bedacht hatten. Unvergessen auch, wie die jungen Hexen damals die jungen Männer von Eastwick verführt haben – solche Raffinesse und Raserei haben die Beglückten später nie wieder erfahren. Nun schauen die Frauen abgeklärt auf das alles zurück. *Bist du nicht auch froh*, fragt Alexandra ihre Freundin Jane, *dass das alles hinter uns liegt? All der Sex, der Schlafentzug, all das hartgesottene Intrigieren, das damit einherging.*[227] Selbst die einst so promiske Sukie hat genug davon. So ist der Roman *Die Witwen von Eastwick* nicht nur Fortsetzung, sondern gewissermaßen auch die elegische Rücknahme des Hexen-Werks aus dem Jahr 1984.

Bemerkenswerter noch als dieser hübsche Roman ist die postum publizierte Geschichtensammlung *My Father's Tears*, das dritte der von Updike noch beendeten Bücher. Der Band erschien 2009 (zwei Jahre später unter dem Titel *Die Tränen meines Vaters* auch auf deutsch). Ein altersweiser Erzähler beschwört Erinnerungen an kurze Momente des Glücks und an Gefühle der Verlorenheit herauf, Erinnerungen, denen die Figuren geradezu ausgeliefert sind. Eine der Geschichten trägt den Titel *Archäologie in eigener Sache*, und so, als eine Art persönlicher Nachforschung, lassen sich nahezu alle diese Texte lesen. Etwa: Wie war das damals, als die eigenen Eltern alt wurden, während man mit sich selbst genug zu tun hatte, mit dem Studium und der beruflichen Karriere, mit der jungen schwierigen Ehefrau und später den Kindern? Oder als der eigene Vater beim Abschied am Bahnhof weinte? Der Sohn fuhr damals zurück in die Stadt, wo er studierte. Jetzt, nach so vielen Jahren, versteht er die Tränen besser und kann sich seine Liebe zum Vater eingestehen. Es sei freilich leicht, sagt er sich, die Menschen in der Erinnerung zu lieben, schwer dagegen, sie zu lieben, wenn sie vor einem stehen.

Erinnerungen sind nicht zu kontrollieren, sie kommen lückenhaft, überfallartig, sind manchmal unwillkommen, manchmal beglückend. Ganz am Ende der Geschichte *Das volle Glas*, auf der Seite des Erzählbands, wird das literarische Rollenspiel unauffällig aufgehoben, das Gesetz der Fiktion gewissermaßen außer Kraft gesetzt. Updike gönnt seinem Helden den weiten Blick aus einem Fenster aufs Meer hinaus, einen Blick, den der Autor selbst mehr als zwei Jahrzehnte lang genossen hat, aus seinem weißen Haus über die Massachusetts Bay, auf die Schiffe, die aus dem Hafen von Boston auslaufen, oder die Flugzeuge am Himmel, die im Landeanflug eine Kurve fliegen. Ein alter Mann, der auf die achtzig zugeht, schaut hinaus und hebt sein mit Wasser gefülltes Glas, um jene Pillen einzunehmen, die sein Leben verlängern sollen. Und der Erzähler sagt: *Wenn ich die Gedanken dieses sonderbaren alten Kerls richtig lese, bringt er gerade einen Toast*

> 28. Your heroines in history? Elizabeth I of England; Cleopatra and Joan of Arc as pictured by Bernard Shaw
> 29. Your favourite names? John, Martha
> 30. What do you most abhor? obtuse, brute enmity
> 31. Which historical figures do you despise most? Hitler, Caligula
> 32. Which military achievements do you most admire? the russian's defense against Napoleon, MacArthur's invasion at Inchon
> 33. What reform do you most admire? ~~the Emancipation~~ giving women the vote
> 34. What natural talent would you like to be endowed with? perfect memory ~~and natural grace~~
> 35. How do you want to die? with dignity
> 36. Your present state of mind? serenely anxious
> 37. Your motto? ~~Have~~ You don't get something for nothing.
>
> — John Updike

auf die sichtbare Welt aus, sein bevorstehendes Verschwinden aus ihr sei verdammt.[228]

Ob er je an den Nachruhm, an die Nachwelt beim Schreiben gedacht habe, fragte ich ihn im August 1994. Seine Antwort damals in Boston: *Ja, etwa so wie an das Leben nach dem Tode. Man schreibt, glaube ich, mit der Absicht, etwas Bleibendes zu schaffen. Natürlich leben wir in einer Welt, wo nichts ewig ist. Und trotzdem: Man möchte gern etwas schreiben, was noch gelesen wird, wenn man selbst schon tot ist.*[229] Und als er im April 1985, während seines einzigen Besuchs in Deutschland, den Fragebogen des «FAZ-Magazins» ausfüllte, antwortete er auf die Frage, wie er sterben möchte: *with dignity (in Würde)*[230].

Der Schriftsteller John Updike ist aus dieser Welt verschwunden, und seine elegischen Worte aus den *Tränen meines Vaters* wirken nach wie ein letzter Abschiedsgruß. Es sei wie mit dem Tod der Eltern, hat er einmal an anderer Stelle geschrieben: *Man hat einen Zeugen weniger fürs eigene Leben, wenn ein Mann stirbt, den man geliebt hat.*[231] Er war ein solcher Zeuge für unser Leben, ein Archäologe der Gegenwart.

Anmerkungen

Die Interviews werden nach der Druckfassung im «Spiegel» zitiert oder (sofern unveröffentlicht bzw. im Fernsehen gesendet) nach Gesprächsprotokollen. Bei den drei «Spiegel»-Gesprächen waren meine Kollegen Matthias Matussek (1994), Alexander Osang (2002) und Martin Doerry (2006) dabei; ihnen (wie auch dem «Spiegel»-Verlag) danke ich für die Erlaubnis, aus dem gemeinsamen Produkt zitieren zu dürfen.
Die Seitenangaben richten sich soweit möglich nach den bei Rowohlt vorliegenden Taschenbuchausgaben. Folgende Kürzel werden verwendet (die Essaybände jeweils mit einem Buchstaben gekennzeichnet):

A Amerikaner und andere Menschen
EP Ehepaare
End Endpunkt
Erz. 1 Glücklicher war ich nie. Frühe Erzählungen 1
Erz. 2 Werben um die eigene Frau. Frühe Erzählungen 2
Farm Auf der Farm
Fest Das Fest am Abend
Hexen Die Hexen von Eastwick
Int. 1983 Interview am 1. 8. 1983, Beverly Farms
Int. 1985 Interview am 16. 4. 1985, Frankfurt a. M.
Int. 1988 Interview am 4. 4. 1988, New York
Int. 1994 Interview am 18. 8. 1994, Boston
Int. 2002 Interview am 15. 10. 2002, Boston
Int. 2006 Interview am 13. 7. 2006, Boston
Land Landleben
Rabbit 1 Hasenherz (Rabbit, Run)
Rabbit 2 Unter dem Astronautenmond (Rabbit, Redux)
Rabbit 3 Bessere Verhältnisse (Rabbit Is Rich)
Rabbit 4 Rabbit in Ruhe (Rabbit at Rest)
Rabbit 5 Rabbit, eine Rückkehr (Rabbit Remembered)
SB Selbst-Bewußtsein
Sucht Sucht mein Angesicht
Tränen Die Tränen meines Vaters
U Updike und ich
V Vermischtes
W Wenn ich schon gefragt werde
Weg Der weite Weg zu zweit
Wie war's Wie war's wirklich
Witwen Die Witwen von Eastwick

1 Int. 1983
2 Int. 1988
3 Int. 1994
4 Int. 1983
5 A, S. 10 f.
6 A, S. 287
7 SB, S. 295
8 SB, S. 299 f.
9 Int. 1983
10 SB, S. 11
11 Wie war's, S. 181
12 Landleben, S. 51
13 Landleben, S. 51, 241
14 W, S. 471, 473
15 SB, S. 15 f.
16 SB, S. 24, 43
17 U, S. 451
18 SB, S. 43
19 SB, S. 221
20 SB, S. 221, 242
21 SB, S. 221
22 SB, S. 44
23 U, S. 433
24 SB, S. 27 ff.
25 SB, S. 287
26 SB, S. 288 ff.
27 SB, S. 55
28 A, S. 293
29 Int. 1983 und 1988
30 U, S. 433
31 Int. 1983
32 U, S. 383 f.
33 SB, S. 101
34 A, S. 294 f.
35 Int. 1983
36 Int. 1983
37 V, S. 16

38 Int. 1983
39 U, S. 463
40 U, S. 386 f.
41 Erz. 1, S. 7
42 Erz. 1, S. 255, 260
43 U, S. 384 f.
44 Erz. 1, S. 8
45 Ebd.
46 Fest, S. 231
47 U, S. 386
48 W, S. 58
49 W, S. 58 f., 63
50 A, S. 299
51 Int. 1983
52 William H. Pritchard: Updike – America's Man of Letters, South Royalton (Vermont) 2000, S. 59
53 Vgl. dazu Vera Boie: Writing Sexual Revolutions, Würzburg 1995, S. 228
54 Hasenherz, S. 90
55 Hasenherz, S. 90 f., 95, 88
56 Hasenherz, S. 312
57 SB, S. 81
58 SB, S. 82 f.
59 W, S. 76
60 SB, S. 83
61 Weg, S. 26, 28
62 A, S. 314
63 Erz. 2, S. 167 ff.
64 Int. 1983
65 Farm, S. 100
66 A, S. 305
67 SB, S. 160 f.
68 Zit. nach: A, S. 306
69 A, S. 305
70 SB, S. 188
71 SB, S. 73
72 EP, S. 117
73 SB, S. 193
74 EP, S. 50
75 EP, S. 18 f.
76 EP, S. 283
77 EP, S. 26
78 EP, S. 22, 236
79 EP, S. 23
80 EP, S. 60
81 EP, S. 223
82 EP, S. 225
83 EP, S. 60 f.
84 EP, S. 215, 486
85 EP, S. 234 f., 486
86 Vgl. die Internetseite «www.windhorst.org / updike»
87 A, S. 305
88 Int. 2002
89 Kindlers Neues Literatur Lexikon, Band 16, München 1988, S. 950
90 SB, S. 175, 287
91 SB, S. 163
92 SB, S. 83
93 SB, S. 131 f.
94 SB, S. 199
95 A, S. 309
96 Int. 1983
97 A, S. 309 f. (Übers. leicht korrigiert)
98 A., S. 310
99 Rabbit 2, S. 142
100 Rabbit 2, S. 156 f.
101 Rabbit 2, S. 288, 290, 335
102 Rabbit 2, S. 398 f.
103 Rabbit 2, S. 132, 291 f.
104 SB, S. 148 f. (Übers. leicht korrigiert)
105 SB, S. 150 ff.
106 SB, S. 154
107 SB, S. 154 f.
108 SB, S. 167, 170; vgl. auch S. 176
109 SB, S. 163
110 B, S. 167
111 SB, S. 178, 184
112 SB, S. 185 f. (Übers. leicht korrigiert)
113 SB, S. 192; Int. 2002
114 U, S. 393; vgl. J. U.: More Matters, New York 1999, S. 768
115 U, S. 501
116 Vgl. Pritchard, S. 155
117 Weg, S. 31 (Übers. leicht korrigiert), 51
118 U, S. 389
119 Weg, S. 132 f., 172 f., 188
120 SB, S. 273, 177
121 Weg, S. 213, 193
122 SB, S. 15, 136
123 U, S. 374
124 Marcel Reich-Ranicki: Über Amerikaner, München 2004,

S. 163 (zuerst in der «FAZ» vom 17. 7. 1982)
125 Sonntag, S. 176, 48
126 Heirate, S. 81
127 A, S. 308
128 Int. 1983
129 Hexen, S. 160
130 Hexen, S. 130
131 Int. 1985
132 Int. 2002; vgl. auch A, S. 300
133 Int. 2002
134 A, S. 9
135 Abgedruckt im FAZ-Magazin vom 24. 5. 1985
136 Int. 1994
137 Pool, S. 9
138 Pool, S. 47
139 Pool, S. 270
140 Gedichte, S. 93
141 Gedichte, S. 129
142 Gedichte, S. 7
143 Tossing and Turning, New York 1977, S. 75
144 A, S. 238
145 A, S. 242
146 A, S. 324
147 Int. 1983
148 Int. 1983
149 Emma Gilbery meets John Updike, in: The Literary Review, Oktober 1986
150 Gott, S. 178
151 Sonntag, S. 176; Gott, S. 236 f.
152 Gott, S. 237; vgl. Roger's Version, New York 1986, S. 190
153 Gott, S. 190
154 Gott, S. 195, 242
155 Gott, S. 347
156 Erz. 1, S. 7
157 Int. 1988
158 Int. 1988
159 SB, S. 329
160 SB, S. 319, 323
161 SB, S. 109, 299
162 SB, S. 144
163 Rabbit 4, S. 589 f., 584
164 Rabbit 4, S. 573
165 Rabbit 4, S. 602, 599
166 Rabbit 4, S. 287
167 SB, S. 170
168 Rabbit 4, S. 65, 644, 656
169 Rabbit 1, S. 8
170 Why Rabbit Had to Go, in: The New York Times Book Review vom 5. 8. 1990
171 Rabbit 4, S. 502
172 Rabbit 4, S. 475
173 Rabbit 4, S. 454
174 Rabbit 4, S. 410
175 Int. 1994
176 Ford, S. 7, 425, 27
177 Int. 1994
178 Ford, S. 252
179 K. H. Kramberg: Nicht ohne rote Magie, in: Süddeutsche Zeitung vom 5. 1. 1996; Elke Schmitter: Hüften wie Nüsse, in: Die Zeit vom 9. 2. 1996
180 Brasilien, S. 125
181 Brasilien, S. 293
182 Int. 1994
183 SB, S. 214
184 Gott, S. 19 f.
185 Bech in Bedrängnis, S. 249
186 Rabbit 5, S. 12
187 Rabbit 5, S. 204, 169
188 U, S. 493; Int. 2002
189 Int. 2002
190 Wie war's, S. 190, 185
191 Wie war's, S. 191
192 Wie war's, S. 144, 172 f., 54, 181, 187, 192, 197
193 Wie war's, S. 20 ff., 129
194 Wie war's, S. 130, 135 f., 9
195 Int. 2002
196 Wie war's, S. 68, 72, 26
197 Wie war's, S. 201
198 Int. 1994
199 Daniel Kehlmann: Ehepaare in Dänemark, in: Die Weltwoche vom 27. 9. 2001
200 Elke Heidenreich: Gegen die Liebe kann man einfach nichts machen, in: Brigitte vom 26. 4. 2006
201 Zit. nach FAZ-Magazin vom 30. 9. 1983
202 Int. 1994
203 J. U.: Just Looking – Essays on Art (London 1989), S. 3
204 Int. 2002
205 Sucht, S. 21, 31

206 Zit. nach Jürgen Claus: Theorien zeitgenössischer Malerei, Reinbek bei Hamburg 1963, S. 62
207 Sucht, S. 124, 30
208 Sucht, S. 286, 290
209 Land, S. 279, 287, 388
210 Land, S. 160, 115
211 Land, S. 57, 153 f., 411
212 Land, S. 355, 271
213 Land, S. 263, 258 f.
214 Land, S. 241, 265, 259
215 Land, S. 155 f., 158, 406, 159
216 Land, S. 283, 279, 397
217 Terrorist, S. 26, 51
218 Terrorist, S. 127, 138 f.
219 Terrorist, S. 240
220 Int. 2006
221 Terrorist, S. 188 f.
222 Int. 2006
223 SB, S. 324
224 Wie war's, S. 195 f.
225 End, S. 33
226 End, S. 31
227 Witwen, S. 65
228 Tränen, S. 367
229 Int. 1994
230 FAZ-Magazin vom 24. 5. 1985
231 Rabbit 5, S. 32

Zeittafel

1932 John Updike am 18. März in Reading, Pennsylvania, geboren; die ersten Kindheitsjahre verbringt er mit seinen Eltern und den Großeltern mütterlicherseits in Shillington

1938 Erstes Auftreten seiner Hautkrankheit, erste Cartoons

1945 Umzug der Familie in das Geburtshaus der Mutter im nahe gelegenen Plowville

1950 Abschluß der High-School, Besuch der Harvard University

1953 Eheschließung mit der Kunststudentin Mary Pennington; Redakteur bei der Studentenzeitschrift «Harvard Lampoon»

1954 Abschluß in Harvard (summa cum laude), mit Stipendium Studium an der Ruskin School of Drawing and Fine Art in Oxford; erste Veröffentlichungen im «New Yorker»

1955 Reporter beim «New Yorker», nach wenigen Tagen befördert zum Autor der Rubrik «Talk of the Town»; Geburt der ersten Tochter Elizabeth

1957 Geburt des Sohns David; Umzug nach Ipswich, Massachusetts

1958 Erste Buchveröffentlichung: *The Carpentered Hen* (Lyrikband)

1959 Geburt des Sohns Michael; Publikation des Erzählungsbands *The Same Door* und des ersten Romans *The Poorhouse Fair* (*Das Fest am Abend*, 1961)

1960 Geburt der Tochter Miranda; *Rabbit, Run* (*Hasenherz*, 1962)

1962 Erzählungsband *Pigeon Feathers*

1963 Roman *The Centaur* (*Der Zentaur*, 1966); National Book Award

1964 Erzählungsband *Olinger Stories*; Reise in den Ostblock

1965 Roman *Of the Farm* (*Auf der Farm*, 1969); erste Essaysammlung *Assorted Prose*

1966 Erzählungsband *The Music School*; erste Sammlung seiner Geschichten in deutscher Sprache: *Glücklicher war ich nie*

1968 Roman *Couples* (*Ehepaare*, 1969), der sich rasch zum internationalen Bestseller entwickelt; Titelgeschichte über Updike in dem Magazin «Time», Übersiedlung nach London für ein Jahr

1969 Lyrikband *Midpoint*

1970 Erzählungsband *Bech: A Book*; Verfilmung von *Rabbit, Run*; Reise nach Japan und Korea, Umzug innerhalb von Ipswich

1971 Zweiter Rabbit-Roman *Rabbit Redux* (*Unter dem Astronautenmond*, 1973)

1972 Erzählungsband *Museums and Women*; Tod des Vaters

1973 Reise durch den afrikanischen Kontinent

1974 Theaterstück *Buchanan Dying*; Trennung von der Familie und Umzug nach Boston

1975 Roman *A Month of Sundays* (*Der Sonntagsmonat*, 1976), Essaysammlung *Picked-Up Pieces*

1976 Roman *Marry Me* (*Heirate mich!*, 1978); Scheidung von seiner ersten Frau, Umzug nach Georgetown, Massachusetts; Wahl in die Academy of Art and Letters

1977 Lyrikband *Tossing and Turning*; Heirat mit Martha Bernhard

1978 Roman *The Coup* (*Der Coup*, 1981)

1979 Erzählungsbände *Too Far to Go* (*Der weite Weg zu zweit*, 1982) und *Problems*

1981 Dritter Rabbit-Roman *Rabbit Is Rich* (*Bessere Verhältnisse*, 1983), Auszeichnungen: Pulitzer Prize, American Book Award, National Book Critics' Circle Award

1982 Erzählungsband *Bech Is Back* (zus. mit dem ersten Bech-Band als *Henry Bech* auf deutsch, 1984);

zweite «Time»-Titelgeschichte über Updike («Going Great at 50»); Umzug nach Beverly Farms, Massachusetts

1983 Essaysammlung *Hugging the Shore*, National Book Critics' Circle Award für Literaturkritik (1984)

1984 Roman *The Witches of Eastwick* (*Die Hexen von Eastwick*, 1985)

1985 Lyrikband *Facing Nature*

1986 Roman *Rogers' Version* (*Das Gottesprogramm: Rogers Version*, 1988); erste deutsche, von Updike besorgte Lyrikauswahl *Gedichte*

1987 Erzählungsband *Trust Me* (*Spring doch!*, 1990); Verfilmung des Romans *The Witches of Eastwick*; erste deutsche Auswahl mit Essays: *Amerikaner und andere Menschen*

1988 Roman *S.* (*S.*, 1989)

1989 Essaybände *Self-Consciousness* (*Selbst-Bewußtsein*, 1990) und *Just Looking*

1990 Vierter *Rabbit*-Roman *Rabbit at Rest* (*Rabbit in Ruhe*, 1992), Pulitzer Prize und National Book Critics' Circle Award

1991 Essayband *Odd Jobs* (deutsche Auswahl: *Vermischtes*, 1995)

1992 Roman *Memories of the Ford Administration* (*Erinnerungen an die Zeit unter Ford*, 1994)

1993 Gedichtsammlung *Collected Poems 1953–1993*

1994 Roman *Brazil* (*Brasilien*, 1996), Erzählungsband *The Afterlife* (*Der Mann, der ins Sopranfach wechselte*, 1997)

1996 Roman *In the Beauties of the Lilies* (*Gott und die Wilmots*, 1998)

1997 Roman *Toward the End of Time* (*Gegen Ende der Zeit*, 2000)

1998 Erzählungsband *Bech at Bay: A Quasi-Novel* (*Bech in Bedrängnis*, 2000)

1999 Essayband *More Matter* (deutsche Auswahl in den Bänden *Wenn ich schon gefragt werde*, 2001, und *Updike und ich*, 2002)

2000 Roman *Gertrude and Claudius* (*Gertrude und Claudius*, 2001), Erzählungsband *Licks of Love* (*Rabbit, eine Rückkehr*, 2002, und *Wie war's wirklich*, 2004)

2001 Lyrikband *Americana* (*Americana*, 2008)

2002 Roman *Seek My Face* (*Sucht mein Angesicht*, 2004)

2003 Erzählungsband *The Early Stories* (*Frühe Erzählungen 1–3*, 2006–2008)

2004 Roman *Villages* (*Landleben*, 2006)

2005 Essayband *Still Looking*

2006 Roman *Terrorist* (*Terrorist*, 2006)

2007 Essayband *Due Considerations* (*Fällige Betrachtungen*, 2010)

2008 Roman *The Widows of Eastwick* (*Die Witwen von Eastwick*, 2009)

2009 Tod am 27. Januar; Lyrikband *Endpoint* (*Endpunkt*, 2009); Erzählungsband *My Father's Tears* (*Die Tränen meines Vaters*, 2011)

ZEUGNISSE

Hans Magnus Enzensberger
Mit voller Absicht hat John Updike sich, wie sein deutscher Altersgenosse Martin Walser, für den schwierigsten, den sprödesten und wichtigsten Gegenstand entschieden, den es für einen Romancier gibt: für das Banale, das vom Monströsen kaum noch zu unterscheiden ist [...]. Updikes Roman [*Hasenherz*] verherrlicht seinen Helden nicht, noch verflucht er ihn; er ist von Herablassung so frei wie von Rührung.
DER SPIEGEL vom 5. 9. 1962

Günter Blöcker
Updike war von Anfang an der Mann mit den zwei Seelen [...]: auf der einen Seite die beinahe provokante Trivialität seiner Sujets, auf der anderen das ehrgeizige Bemühen, ebendieser Trivialität ein Höchstmaß an Schönheit und Bedeutung abzugewinnen, symbolische Essenz noch aus dem Alltäglichsten herauszufiltern und in eine streckenweise hochartifizielle Sprache zu übersetzen.
Frankfurter Allgemeine Zeitung vom 9. 4. 1973

Martin Amis
Als Literaturkritiker verfügt John Updike vor allem über eine unschätzbare Eigenschaft: Wenn man ihn einmal gelesen hat, kann man nicht anders als sich – fast seufzend – einzugestehen, daß man alles von ihm lesen muß ... In einer Zeit, wo der Rezensent nur noch als eine Art Seismograph fungiert, erinnert uns Updike daran, daß eine Buchbesprechung nebenbei auch etwas von einem Kunstwerk haben oder zumindest ein würdiges Vehikel sein kann für das Spiel von Ideen, Gefühl und Geist.
The New Statesman, März 1976

Klaus Harpprecht
Dieser Autor wuchs, mit einer bewundernswerten Sicherheit des Handwerks, über den tupfenden Impressionismus sozial-psychologischer Fallstudien weit hinaus. Sein Rabbit, dieser dumpfschlaue Erfolgsmensch mit dem weichen Gemüt, rüttelt gelegentlich an den Festen der Ewigkeit. Sonnige Pastoren starren betroffen auf den blätternden Anstrich ihrer weißen Kirchen und auf den beunruhigenden Fortschritt des Zweifels, vor dem der engagierte Protestant John Updike nicht die Augen verschließt. Selbst die Schürzenjäger in seinen Geschichten ahnen hinter den Reizen des Fleisches metaphysische Aspekte der Sünde.
Hanns Lothar Schütz und Marlott Linka Fenner (Hg.): Welt-Literatur heute. München 1982

Marcel Reich-Ranicki
Was Updike in seinen vielen Geschichten erzählt – sie sind übrigens den meisten seiner Romane überlegen –, ist in der Regel ziemlich banal: Weder seine Figuren noch den dargestellten Situationen kann man Außerordentliches nachrühmen, die Handlung bietet nur selten Überraschungen, und wer sich nach starken Effekten sehnt, wird eher enttäuscht sein. Denn diesen Autor interessiert das Alltägliche, ihn irritiert das Unscheinbare und Beiläufige. Nichts zeigt er lieber als das der Sache nach Altvertraute, dessen Verlauf jeder schon kennt oder ahnt. Aber seine Prosa [...] gehört zum Unterhaltsamsten, was sich in der Weltliteratur dieser mageren Jahre finden läßt.
Frankfurter Allgemeine Zeitung vom 17. 7. 1982

Michiko Kakutani
Er hat sich [...] als eine große und nachhaltige Kritikerstimme etabliert, ja sogar als der herausragende

Kritiker seiner Generation [...] Großzügiger und weniger pedantisch als Nabokov bringt Updike in seine Kritiken dieselbe Liebe des Romanciers zur Sprache ein – die Essays sind übersät mit schwierigen, glänzenden Metaphern, die sich ein nicht so verschwenderischer Autor für seine eigenen Werke verwahren würde – und dieselben Insiderkenntnisse über die Mechanismen des Stils. Während er wortgewandt über Autoren schreibt, die sich in seinem eigenen fiktionalen Bereich bewegen – den Realismus des häuslichen und des Alltagslebens –, so lässt er doch auch eine bisweilen an Neid grenzende Bewunderung für Schriftsteller wie Italo Calvino und Jorge Luis Borges erkennen, die ihre Phantasie losgelöst vom Ballast ihres eigenen Lebens treiben lassen.
The New York Times vom 13. 9. 1983

Gabriele Wohmann
John Updikes Beobachtungsgenie macht all das Banale erst der Schilderung wert. Aus dem, was überhaupt nicht erhebend ist, so daß wir uns in instinktivem Selbstschutz lieber mit Verdrängungen dagegen wehren, entsteht ein Reiz. Tragigrotesk sieht das als normal legalisierte egoistische Fortkommen in zumeist unauffälligen Lebensläufen hier aus. Schmutziger, plumper, erwerbgieriger, verdrießlicher Alltag, plötzlich zwischendurch für Augenblicke vom Glücksgelingen oder auch nur von einer Sehnsucht angeleuchtet, zu unerheblich zum Leben, erheblich erst in der Erzählung. Was ein Trost sein könnte [...].
DER SPIEGEL vom 20. 6. 1983

Margaret Atwood
Was die Traditionslinie betrifft, in der er steht, so ist er vielleicht näher als jeder andere amerikanische Schriftsteller an der puritanischen Sicht der Natur als ein Lexikon, das von Gott verfaßt wurde – allerdings in Hieroglyphen, so daß unaufhörliche Übersetzungsarbeit vonnöten ist. Updikes Prosa [...] ist ein Meer suggestiver Metaphern und Referenzen, die unaufhörlich auf eine Bedeutung verweisen, die sich immer wieder entzieht.
The New York Times vom 13. 5. 1984

Joyce Carol Oates
Hinter der fieberhaften Aktivität der Romane [...] steht immer der «reale» Hintergrund von Rabbits fiktionalem Mount Judge und Brewer, Pennsylvania. Irgendwann denkt man sich, daß dieser Hintergrund die Seele des Romans ausmacht, und daß seine menschlichen Akteure nichts als Marionetten oder Schemen sind, die sich in der Eitelkeit ihrer Lüste verfangen haben. Heimweh ist ein so grundlegendes Motiv dafür, Literatur zu verfassen, und der Drang, im Gedächtnis zu behalten, wie wir gelebt, wo wir gewohnt haben, wodurch wir verletzt wurden und was wir geliebt haben, so machtvoll, daß dieser Impuls oftmals übergangen wird. Die Rabbit-Tetralogie erklärt sich letzlich nicht so sehr durch Harry Angstrom selbst, sondern durch die Welt, die er auf seiner langsamen Talfahrt durchquert und die von einem der begnadetsten amerikanischen Realisten akribisch erfaßt wird.
The New York Times vom 30. 9. 1990

Paul Ingendaay
Hin und wieder riskiert ein amerikanischer Autor noch deutlichere Beschreibungen der Sexualität als Updike und hält solche Kraßheit bereits für ehrlicher [...], aber kaum jemand schreibt differenzierter und gleichsam mit so variabler Körpertemperatur. In einem seiner besten Bücher, einem Erzählband mit dem betulichen deutschen Titel «Der weite Weg zu zweit», zeichnet Updike anhand eines Paares kaum verhüllt

die Stationen seines Ehelebens nach. Hier trifft es tatsächlich zu, das Wort vom «Genie des Banalen».
Frankfurter Allgemeine Zeitung vom 18. 3. 1992

Daniel Kehlmann
Updike ist ein durch und durch an Europa geschulter Schriftsteller, der Proust und den christlichen Existentialismus in sich aufgenommen hat und ihnen den wohlkalkulierten Manierismus und die lyrische Ironie seines Stils entgegensetzt. Von den frühen Kurzgeschichten bis zu dem Spätwerk *Gertrude und Claudius* steht bei ihm die Frage im Mittelpunkt, wie es sich als Christ leben läßt. Der bekennende Christ verzichtet nicht darauf, die Welt unter theologischem Gesichtspunkt zu betrachten. *An easy Humanism plagues the land*, heißt es 1969 im Langgedicht *Midpoint, I choose to take an otherworldly stand.* Hierin liegt wohl auch der Wurzel seiner nie versagenden Ironie [...]. John Updike hat ein Können, eine Ironie und Gelassenheit erreicht, wie sie Schriftstellern selten vergönnt ist. Es gibt Grund zur Hoffnung, daß manche seiner Höhepunkte noch vor uns liegen.
Die Weltwoche vom 27. 9. 2001

Katharina Döbler
Updike als Autor ist ein Zeitphänomen, seine Prosa ein treues Spiegelbild des weißen, christlichen, bürgerlichen und gebildeten Amerika: kritisch, doch grundsätzlich affirmativ, manchmal bitter, manchmal nostalgisch. [...] Updike World ist so atemberaubend echt, daß man sie glatt mit der Welt selber verwechseln könnte. Wäre da nicht so etwas wie eine literarische und künstlerische Moderne gewesen, die uns mißtrauisch gemacht hat gegenüber diesem Echten. Gegenüber einem Autor, der seine Figuren in einen gut ausgeleuchteten Schaukasten stellt, sie, mal angezogen, mal entblößt, hin und her bewegt, von vorne, von hinten und von innen zeigt. Sie haben ihre Verpflichtungen und ihre so ganz anderen Bedürfnisse. Daraus entstehen Konflikte, Kompromisse, Lügen, Verluste, die der Stoff der Geschichten sind. Dramen. Literaturgeschichtlich sind wir damit noch nicht einmal so weit wie Ibsen. Vielleicht bei Grillparzer. Das ist ein Jahrhundert her.
DIE ZEIT vom 17. 6. 2004

Marcia Pally
«Terrorist» ist modern und westlich bis ins Mark. Das Buch beruht auf der Idee des Individuums (Autor und Leser) und dessen individueller Vorstellungskraft, die in der Lage ist, jenseits von Clan, Klasse, Dorf und Kirche die Erfahrung eines anderen nachzuvollziehen, jedenfalls bis zu einem bestimmten Grad. Man könnte die Funktion der Kunst in der Moderne dahingehend beschreiben, daß sie uns die Welt aus einem schrägen Blickwinkel zeigt. Das ist Updikes Projekt.
Der Tagesspiegel vom 21. 8. 2006

Robert Stone
Über bald 50 Jahre hat John Updike in seiner Fiktion und in Essays Amerika durchleuchtet, sich über dessen Kunst und Geschichte Gedanken gemacht, die lebhaften Fortschritte dokumentiert. In ihren Sehnsüchten, ihrer gelegentlichen Selbst-Erforschung und noch häufiger in ihrer Selbst-Enttäuschung haben die Figuren seiner Romane und Erzählungen die Verzweiflung demonstriert, mit der Menschen in Amerika nach einem Gleichgewicht gegen die ungestüme Veränderung gesucht haben. Wollte man Updikes Werk in heute aus der Mode gekommenen sozialpolitischen Begriffen fassen, müßte man sagen, daß er unser Ringen beschreibt, in unserem

Innern ein lebensfähiges Zentrum zu bewahren, während wir der revolutionärsten Kraft ausgesetzt sind, die die Geschichte je hervorgebracht hat – dem amerikanischen Kapitalismus.
The New York Times Book Review vom 18. 6. 2006

Michael Naumann
Updike gehört zu den wenigen Schriftstellern der Literaturgeschichte, denen kein häßlicher Satz […] gelingen will. Er scheint das absolute Gehör für die Schönheiten und die Musikalität seiner Muttersprache zu besitzen. Darüber hinaus hat er die Sensibilität eines soziologisch versierten Anthropologen […] Nichts ist ihm fremd, weniges stößt ihm bitter auf – mit einer Ausnahme, Gottes Abwesenheit. Die ehelichen Untreuen von Updikes Heldinnen und Helden wirken auf seine Leser inzwischen wie Widerspiegelungen der ganz anderen, der großen Untreue – derjenigen Gottes, der einer ganzen Nation, die sich in religiösen Erweckungsbewegungen nach himmlischen Zeichen sehnt, genau dieses Zeichen vorenthält.
DIE ZEIT vom 21. 9. 2006

Unter dem Titel «Laureaten des Lüsternen» erschien 1993 in der amerikanischen GQ ein Artikel über Gore Vidal, John Updike und Philip Roth. Darin ging es um die Bedeutung von «Ehepaare», «Myra Breckinridge» und «Portnoys Beschwerden» für die literarische Seite der sexuellen Revolution. Alle drei Romane waren Ende der sechziger Jahre erschienen und trotz ihrer sexuellen Freizügigkeit unzensiert geblieben. Illustration von Edward Sorel

Auswahlbibliographie

1. Werke

a) Romane

The Poorhouse Fair. New York 1959, Knopf
Das Fest am Abend. Übers. von Maria Carlsson. Frankfurt a. M. 1961, S. Fischer
Rabbit, Run. New York 1960, Knopf
Hasenherz. Übers. von Maria Carlsson. Frankfurt a. M. 1962, S. Fischer
The Centaur. New York 1963, Knopf
Der Zentaur. Übers. von Maria Carlsson. Frankfurt a. M. 1966, S. Fischer
Of the Farm. New York 1965, Knopf
Auf der Farm. Übers. von Fritz Lorch. Frankfurt a. M. 1969, S. Fischer
Couples. New York 1968, Knopf
Ehepaare. Übers. von Maria Carlsson. Reinbek 1969, Rowohlt
Rabbit Redux. New York 1971, Knopf
Unter dem Astronautenmond. Übers. von Kai Molvig. Reinbek 1973, Rowohlt
A Month of Sundays. New York 1975, Knopf
Der Sonntagsmonat. Übers. von Kurt Heinrich Hansen. Reinbek 1976, Rowohlt
Marry Me: A Romance. New York 1976, Knopf
Heirate mich! Eine Romanze. Übers. von Angela Praesent. Reinbek 1978, Rowohlt
The Coup. New York 1978, Knopf
Der Coup. Übers. von Jürgen Abel. Reinbek 1981, Rowohlt
Rabbit Is Rich. New York 1981, Knopf
Bessere Verhältnisse. Übers. von Barbara Henninges. Reinbek 1983, Rowohlt
The Witches of Eastwick. New York 1984, Knopf
Die Hexen von Eastwick. Übers. von Maria Carlsson, Uwe Friesel und Monica Michieli. Reinbek 1985, Rowohlt
Roger's Version. New York 1986, Knopf
Das Gottesprogramm. Rogers Version. Übers. von Thomas Piltz. Reinbek 1988, Rowohlt
S. New York 1988, Knopf
S. Roman. Übers. von Heidrun Adler. Reinbek 1989, Rowohlt
Rabbit at Rest. New York 1990, Knopf
Rabbit in Ruhe. Übers. von Maria Carlsson. Reinbek 1992, Rowohlt
Memories of the Ford Administration. New York 1992, Knopf
Erinnerungen an die Zeit unter Ford. Übers. von Maria Carlsson. Reinbek 1994, Rowohlt
Brazil. New York 1994, Knopf
Brasilien. Übers. von Thomas Piltz. Reinbek 1996, Rowohlt
In the Beauty of the Lilies. New York 1996, Knopf
Gott und die Wilmots. Übers. von Maria Carlsson. Reinbek 1998, Rowohlt
Toward the End of Time. New York 1997, Knopf
Gegen Ende der Zeit. Übers. von Maria Carlsson. Reinbek 2000, Rowohlt
Gertrude and Claudius. New York 2000, Knopf
Gertrude und Claudius. Übers. von Maria Carlsson. Reinbek 2001, Rowohlt
Seek My Face. New York 2002, Knopf
Sucht mein Angesicht. Übers. von Maria Carlsson. Reinbek 2005, Rowohlt
Villages. New York 2004, Knopf
Landleben. Übers. von Susanne Höbel und Helmut Frielinghaus. Reinbek 2006, Rowohlt
Terrorist. New York 2006, Knopf
Terrorist. Übers. von Angela Praesent. Reinbek 2006, Rowohlt
The Widows of Eastwick. New York 2009, Knopf
Die Witwen von Eastwick. Übers.

von Angela Praesent (tlw. von Maria Carlsson). Reinbek 2009, Rowohlt

b) Erzählungen und Kurzprosa

The Same Door. Short Stories. New York 1959, Knopf
Pigeon Feathers, and Other Stories. New York 1962, Knopf
Olinger Stories. A Selection. New York [1964], Vintage Books
The Music School. Short Stories. New York 1966, Knopf
Glücklicher war ich nie. Erzählungen. Übers. von Maria Carlsson. Frankfurt a. M. 1966, S. Fischer
Gesammelte Erzählungen. Übers. von Maria Carlsson, Susanna Rademacher und Hermann Stiehl. Reinbek 1971, Rowohlt (Neuaufl. 1988 u. d. T. Werben um die eigene Frau)
Bech. A Book. New York 1970, Knopf
Museums and Women, and Other Stories. New York 1972, Knopf
Too Far to Go: The Maples Stories. New York [1979], Fawcett Crest
Der weite Weg zu zweit. Szenen einer Liebe. Übers. von Maria Carlsson, Inge Friederich, Karin Polz, Susanna Rademacher und Hermann Stiehl. Reinbek 1982, Rowohlt
Problems and Other Stories. New York 1979, Knopf
Bech Is Back. New York 1982, Knopf
Henry Bech: Erzählungen. Übers. von Hermann Stiehl und Karl Klewer. Reinbek 1984, Rowohlt
Trust Me. Short Stories. New York 1987, Knopf
Spring doch! Erzählungen. Übers. von Uwe Friesel und Hannelore Gauster. Reinbek 1990, Rowohlt
Der verwaiste Swimmingpool. Erzählungen. Übers. von Uwe Friesel, Monica Michieli, Hans Wollschläger und Dieter E. Zimmer. Reinbek 1987, Rowohlt
The Afterlife and Other Stories. New York 1994, Knopf
Der Mann, der ins Sopranfach wechselte. Erzählungen. Übers. von Maria Carlsson. Reinbek 1997, Rowohlt
Museen und Musen: Erzählungen. Übers. von Uwe Friesel und Monica Michieli. Reinbek 1996, Rowohlt
Bech at Bay: A Quasi-Novel. New York 1998, Knopf
Bech in Bedrängnis. Fast ein Roman. Übers. von Helmut Frielinghaus. Reinbek 2000, Rowohlt
Licks of Love. Short Stories and a Sequel, «Rabbit Remembered». New York 2000, Knopf
Rabbit, eine Rückkehr. Übers. von Maria Carlsson. Reinbek 2002, Rowohlt
Wie war's wirklich. Erzählungen. Übers. von Maria Carlsson. Reinbek 2004, Rowohlt
The Complete Henry Bech. Twenty Stories. Mit einer Einleitung von Malcolm Bradbury. New York 2001, Knopf
The Early Stories, 1953 – 1975. New York 2003, Knopf
Glücklicher war ich nie. Frühe Erzählungen 1. Übers. von Maria Carlsson. Reinbek 2006, Rowohlt
Werben um die eigene Frau. Frühe Erzählungen 2. Übers. von Maria Carlsson, Susanna Rademacher, Hermann Stiehl und Nikolaus Stingl. Reinbek 2007, Rowohlt
In einer Bar in Charlotte Amalie. Frühe Erzählungen 3. Übers. von Maria Carlsson, Eike Schönfeld, Reinhard Kaiser, Hermann Stiehl. Reinbek 2011, Rowohlt
My Father's Tears and Other Stories. New York 2009, Knopf
Die Tränen meines Vaters und andere Erzählungen. Übers. von Maria Carlsson. Reinbek 2011, Rowohlt

c) Lyrik

The Carpentered Hen and Other Tame Creatures. New York [1958], Harper

Telephone Poles and Other Poems. New York 1963, Knopf

Midpoint and Other Poems. New York 1969, Knopf

Tossing and Turning. Poems. New York 1977, Knopf

Facing Nature. Poems. New York 1985, Knopf

Gedichte. Übers. von H. M. Ledig-Rowohlt. Mit einem Vorwort des Autors. Reinbek 1986, Rowohlt

Collected Poems. 1953–1993. New York 1993, Knopf

Americana and Other Poems. New York 2001, Knopf

Americana. Reisegedichte. Übers. von Christian Lux. Wiesbaden 2008, Christian Lux

Geld. Die maritimen Gedichte. Übers. von Henning Ahrens, Helmut Frielinghaus, Susanne Höbel, Heinrich Maria Ledig-Rowohlt und Nikolaus Stingl (mit CD: John Updike spricht!). Hamburg 2005, Marebuch

Endpoint and Other Poems. New York 2009, Knopf

Endpunkt und andere Gedichte. Übers. von Susanne Höbel, Helmut Frielinghaus. Reinbek 2009, Rowohlt

d) Theaterstück

Buchanan Dying. A Play. New York 1974, Knopf

e) Essays und Kritiken

Assorted Prose. New York 1965, Knopf

Picked-Up Pieces. New York 1975, Knopf

Hugging the Shore. Essays and Criticism. New York 1983, Knopf

Amerikaner und andere Menschen: Essays. Übers. von Willi Winkler. Reinbek 1987, Rowohlt

Just Looking. Essays on Art. New York 1989, Knopf

Odd Jobs. Essays and Criticism. New York 1991, Knopf

Vermischtes. Essays. Übers. von Willi Winkler. Reinbek 1995, Rowohlt

Golf Dreams. Writings on Golf. Drawings by Paul Szep. New York 1996, Knopf

Golfträume. Übers. von Maria Carlsson. Reinbek 1999, Rowohlt

More Matter. Essays and Criticism. New York 1999, Knopf

Wenn ich schon gefragt werde. Essays. Übers. von Susanne Höbel. Reinbek 2001

Updike und ich. Essays. Übers. von Susanne Höbel. Reinbek 2002, Rowohlt

Still Looking: Essays on American Art. New York 2005, Knopf

Due Considerations. Essay and Criticism. New York 2007, Knopf

Fällige Betrachtungen. Essays. Übers. von Susanne Höbel. Reinbek 2010, Rowohlt

f) Autobiographisches

Self-Consciousness. Memoirs. New York 1989, Knopf

Selbst-Bewußtsein. Erinnerungen. Übers. von Maria Carlsson. Reinbek 1990, Rowohlt

g) Gespräche und Interviews

Conversations with John Updike. Edited by James Plath. Jackson, Miss. 1994

h) Kinderbücher

Steichen Calderone, Mary, Edward Steichen und John Updike: The First Picture Book. Everyday Things for Babies. New York [1991], Fotofolio in Association with the Whitney Museum of American Art

Steichen Calderone, Mary, Edward Steichen und John Updike: Das erste Bilderbuch: alltägliche Dinge für Kleinkinder. In Zusammenarbeit mit dem Whitney Museum of American Art, New York. Übers. von Werner Schmitz. Zürich 1991, Der Alltag / Scalo

2. Sekundärliteratur

a) Bibliographien

De Bellis, Jack: John Updike: A Bibliography, 1967 – 1993. Mit einem Vorwort von John Updike. Westport, Conn. 1994

Gearhart, Elizabeth A.: John Updike. A Comprehensive Bibliography with Selected Annotations. Norwood, Pa. 1978

Northouse, Cameron (Hg.): John Updike: A Bibliography of Research and Criticism 1970 – 1986 with a Checklist of First Printings of John Updike's Works. Dallas 1988 (Literary Research Bibliographies 3)

Olivas, Michael A.: An Annotated Bibliography of John Updike Criticism, 1967 – 1973, and a Checklist of his Works. New York 1975

Sokoloff, Benjamin Aaron und David E. Arnason: John Updike. A Comprehensive Bibliography. Norwood, Pa. 1973

Taylor, Charles Clarke: John Updike. A Bibliography. Kent, Ohio 1968

b) Gesamtdarstellungen

Bloom, Harold (Hg.): John Updike. New York 1987

Campbell, Jeff H.: Updike's Novels: Thorns Spell a Word. Wichita Falls, Tex. 1987

De Bellis, Jack: The John Updike Encyclopedia. Westport, Conn. 2000

Detweiler, Robert: John Updike. Überarb. Aufl. Boston 1984

Greiner, Donald J.: John Updike's Novels. Athens, Ohio 1984

Greiner, Donald J.: The Other John Updike: Poems, Short Stories, Prose, Play. Athens, Ohio 1981

Grünzweig, Walter: John Updike. In: Kritisches Lexikon zur Fremdsprachigen Gegenwartsliteratur.

Hamilton, Alice und Kenneth: John Updike. A Critical Essay. [Grand Rapids, Mich.] [1967]

Hamilton, Alice und Kenneth: The Elements of John Updike. Grand Rapids, Mich. 1970

Hunt, George W.: John Updike and the Three Great Secret Things: Sex, Religion, and Art. Grand Rapids 1980

John Updike. Sondernummer. In: Modern Fiction Studies 20 (1974), H. 1.

John Updike. Sondernummer. In: Modern Fiction Studies 37 (1991), H. 1.

Koch, Nicola: «An Organized Mass of Images Moving Forward». Motive und Motivstrukturen im Romanwerk von John Updike. Essen 1995

Luscher, Robert M.: John Updike: A Study of the Short Fiction. New York u. a. 1993

Macnaughton, William R. (Hg.): Critical Essays on John Updike. Boston, Mass. 1982

Markle, Joyce B.: Fighters and Lovers. Theme in the Novels of John Updike. 2. Aufl. New York 1974

Newman, Judie: John Updike. New York 1988

Olster, Stacey (Hg.): The Cambridge Companion to John Updike. Cambridge u. a. 2006

Pritchard, William H.: Updike: America's Man of Letters. South Royalton, Vt. 2000

Samuels, Charles Thomas: John Updike. Minneapolis [1969]

Schiff, James A.: John Updike Revisited. New York u. a. 1998

Thorburn, David und Howard Eiland (Hg.): John Updike. A Collection of

Critical Essays. Englewood Cliffs, N. J. 1979

Uphaus, Suzanne Henning: John Updike. New York 1980

c) Untersuchungen zu Einzelfragen

Bailey, Peter J.: Rabbit (un)redeemed. The Drama of Belief in John Updike's Fiction. Madison [N.J.] 2006

Beckoff, Samuel: John Updike's ‹Rabbit, Run› and ‹Rabbit Redux›: A Critical Commentary. New York [1974]

Blanck, Genia: Vater-Sohn-Beziehungen in ausgewählten Romanen und Stories von Richard Russo, Raymond Carver, Richard Ford und John Updike. Göttingen 2005; unter: http://webdoc.sub.gwdg.de/ebook/dissts/Paderborn/Blanck2005.pdf

Boie, Vera: Writing Sexual Revolutions. Novel of Manners und Sexualität im Romanwerk von Sinclair Lewis und John Updike. Würzburg 1995

Boswell, Marshall: John Updike's Rabbit Tetralogy. Mastered Irony in Motion. Columbia 2001

Broer, Lawrence R. (Hg.): Rabbit Tales. Poetry and Politics in John Updike's Rabbit Novels. Tuscaloosa, Ala. 1998

Burchard, Rachael C.: John Updike: Yea Sayings. Mit einem Vorwort von Harry T. Moore. Carbondale [1971]

Burr, Richard Wesley: Puer Aeternus: An Examination of John Updike's Rabbit, Run. Zürich 1974

De Bellis, Jack (Hg.): John Updike: the Critical Responses to the «Rabbit» Saga. Westport, Conn. 2005

Galloway, David D.: The Absurd Hero in American Fiction: Updike, Styron, Bellow, Salinger. 2., überarb. Aufl. Austin, Texas 1981

Greiner, Donald J.: Adultery in the American Novel: Updike, James, and Hawthorne. Columbia, S. C. 1985

Gullette, Margaret M.: Safe at Last in the Middle Years. The Invention of the Midlife Progress Novel. Saul Bellow, Margaret Drabble, Anne Tyler, and John Updike. Berkeley, Calif. u. a. 1988

Harper, Howard M.: Desperate Faith: a Study of Bellow, Salinger, Mailer, Baldwin and Updike. 3. Aufl. Chapel Hill 1974

Heinrichs, Gisela: Analyse psychologischer Strukturen in den Werken von drei amerikanischen Gegenwartsautoren: Salinger, Bellow und Updike. Diss. Univ. Marburg 1976

Keener, Brian: John Updike's Human Comedy. Comic Morality in The Centaur and the Rabbit Novels. New York u. a. 2005

Keskinen, Mikko: Response, Resistance, Deconstruction: Reading and Writing in / of Three Novels by John Updike. Jyväskylä 1998

Lathrop, Kathleen Lee: Updike on America: The Expanding Vision on John Updike in his post-Olinger novels. Diss. New York Univ. 1982

Löffler, Katharina: Zur Spezifik der inhaltlichen und formalen Verknüpfung von Kurzgeschichtenensembles bei John Updike und Bernard Malamud. Diss. Univ. Jena 1987

Loudermilk, Kim A.: Fictional Feminism: How American Bestsellers Affect the Movement for Women's Equality. New York 2004

Miller, Daniel Quentin: John Updike and the Cold War: Drawing the Iron Curtain. Columbia 2001

Moran, Joe: Star Authors: Literary Celebrity in America. London u. a. 2000

Neary, John: Something and Nothingness: The Fiction of John Updike & John Fowles. Carbondale 1992

O'Connell, Mary: Updike and the Patriarchal Dilemma: Masculinity in the Rabbit Novels. Carbondale, Ill. u. a. 1996

Ristoff, Dilvo I.: Updike's America: The Presence of Contemporary American History in John Updike's Rabbit Trilogy. New York u. a. 1988

Ristoff, Dilvo I.: John Updike's Rabbit at Rest: Appropriating History. New York u. a. 1998

Schiff, James A.: Updike's Version: Rewriting The Scarlet Letter. Columbia, Mo. 1992

Searles, George John: The Fiction of Philip Roth and John Updike. Carbondale, Ill. u. a. 1985

Sharma, B. D.: A Spiritual Vision in John Updike's Early Fiction. New Delhi 1999

Singh, Sukhbir: The Survivor in Contemporary American Fiction: Saul Bellow, Bernard Malamud, John Updike, Kurt Vonnegut, Jr. Delhi 1991

Smith, Kent D.: Faith: Reflections on Experience, Theology, and Fiction. Lanham, MD 1983

Tallent, Elizabeth: Married Men and Magic Tricks: John Updike's Erotic Heroes. Berkeley, Calif. 1982

Taylor, Larry E.: Pastoral and Anti-Pastoral Patterns in John Updike's Fiction. Mit einem Vorwort von Harry T. Moore. Carbondale [1971]

Trachtenberg, Stanley (Hg.): New Essays on Rabbit, Run. Cambridge u. a. 1993

Vargo, Edward P.: Rainstorms and Fire: Ritual in the Novels of John Updike. Port Washington, N. Y. 1973

Vaughan, Philip H.: John Updike's Images of America. Reseda, Calif. 1981

Wood, Ralph C.: The Comedy of Redemption: Christian Faith and Comic Vision in Four American Novelists. Notre Dame, Ind. 1988

Yerkes, James (Hg.): John Updike and Religion: The Sense of the Sacred and the Motions of Grace. Grand Rapids, Mich. 1999

Zehelein, Eva-Sabine: «Space as Symbols». John Updikes «Country of Ideas» in den «Rabbit-Romanen». Essen 2003.

Namenregister

*Die kursiv gesetzten Zahlen
verweisen auf die Abbildungen.*

Amis, Martin 148
Arno, Peter 16
Atwood, Margaret 149
Auster, Paul 134

Baker, Nicholson 138
Balzac, Honoré de 138
Barth, John 60
Barth, Karl 26 f., 79
Barthelme, Donald 26
Bellow, Saul 60, 79, *61*
Bernhard, Thomas 123
Blöcker, Günter 148
Boethius 59
Böll, Heinrich 79
Braun, Wernher von 50
Buchanan, James 49, 51, 103–105, 109, *103*
Bush, George W. 114, *109*

Caan, James 28
Cain, James M. 30
Caldwell, Erskine 30
Calvino, Italo 79
Capp, Al 16
Carlsson, Maria 29, 41
Checker, Chubby 42
Cheever, John 26
Cher 73, *71*
Clinton, Bill 112–114, *113*
Cobblah, John Anoff 107
Cobblah, Michael Kwame Ntiri 107
Corner, Anjanette 28

De Kooning, Willem 128
DeLillo, Don 110
Disney, Walt 16
Döbler, Katharina 150
Doctorow, E. L. 60
Dostojewski, Fjodor M. 79
Dryden, John 50
Dyck, Gysbert op den 15

Eisenhower, Dwight D. 42
Ellis, Brett Easton 105
Enzensberger, Hans Magnus 148

Feltrinelli, Inge *81*
Flaubert, Gustave 82, 90
Foer, Jonathan Safran 134
Fontane, Theodor 90
Ford, Gerald 102 f., 105
Francis, Connie 42

Gordimer, Nadine *98*
Grass, Günter 79, *79*

Hamsun, Knut 79
Harpprecht, Klaus 79, 148
Harte, Bret 25
Hawthorne, Nathaniel 79, 90–92, *91*
Heidenreich, Elke 122
Heller, Joseph 60
Hemingway, Ernest 25 f., 60, 79, *25*
Henry, O. 25
Hopper, Edward 100
Hoyer, John 12, 14
Hoyer, Katherine 12, 14

Ingendaay, Paul 149

Johns, Jasper 128
Johnson, Lyndon B. 56–58, *50*
Joyce, James 26, 29 f., 79

Kafka, Franz 26, 79
Kakutani, Michiko 148
Kehlmann, Daniel 121 f., 150
Kempton, Kenneth 25 f.
Kennedy, John F. 42, 50 f., 56, *50*
Kierkegaard, Sören 26
Kissinger, Henry 58
Krasner, Lee 125
Kundera, Milan 79

Lawrence, D. H. 29 f.
Ledig-Rowohlt, Heinrich Maria *81*
Lewinsky, Monica 113
Lewis, Sinclair 102
Lichtenstein, Roy 128
Lincoln, Abraham 104

Mailer, Norman 60, 110, *61*
Mann, Thomas 96, 121

Mark Twain 25
McCarthy, Mary 26
McInerney, Jay 134
Melville, Herman 79
Miller, Henry 29 f., 64, *30*
Morrison, Theodore 25

Nabokov, Vladimir 26, 30, 121
Naumann, Michael 151
Nicholson, Jack 72 f., *71*
Nixon, Richard 58 f., 68, 103 f.

O'Hara, John 26, 122, 139
Oates, Joyce Carol 122, 149
Obama, Barack 139
Oldenburg, Claes 128
Ozick, Cynthia 110

Pally, Marcia 150
Parenyi, Eleanor 82
Pfeiffer, Michelle 73, *71*
Poe, Edgar Allan 25
Pollock, Jackson 125, 127, *127*
Pritchard, William H. 9, 30
Pritchett, V. S. 26
Proust, Marcel 59, 79
Pynchon, Thomas 60, 110

Raddatz, Fritz J. *81*
Rauschenberg, Robert 128
Reagan, Ronald 83
Reich-Ranicki, Marcel 67, 148
Rodham Clinton, Hillary 113
Roth, Philip 58–60, 62, 110, 134, 138, *58*, *151*
Rothko, Mark 128
Rushdie, Salman 137, *98*

Salinger, J. D. 26, 60, 88
Sarandon, Susan 73, *71*
Schulz, Bruno 79
Shakespeare, William 121

Shawn, William 24, 63, 88, 123
Stone, Robert 150

Tertullian 85, *85*
Thurber, James 26
Tillich, Paul 79
Tolstoj, Lew 90
Tschechow, Anton P. 25 f.

Updick, Lawrence 15
Updike, Aaron 15
Updike, Archibald 15
Updike, David (Sohn) 21, 108, *42*
Updike, Elizabeth (Tochter) 18, 107 f., *42*
Updike, Hartley (Großvater) 15
Updike, John d. Ä. 15
Updike, Linda, geb. Hoyer (Mutter) 12, 14 f., 17, 19–21, 99, 119 f., *16*
Updike, Martha Ruggles Bernhard (zweite Ehefrau) 67, 88, 92
Updike, Mary (Tante) 15, 124 f.
Updike, Mary Pennington (erste Ehefrau) 18–23, 27, 32 f., 36, 38, 47 f., 57, 59–62, 64–66, 68 f., *42*
Updike, Michael (Sohn) 27, 69, *42*
Updike, Miranda (Tochter) 27, *42*
Updike, Peter d. Ä. 15
Updike, Peter d. J. 15
Updike, Wesley (Vater) 12, 14 f., 19 f., 38, 57, 64, 92 f., 98, 101, 119 f., *16*
Updike, Wesley Doudi Githiora 108

Vidal, Gore *151*

Warhol, Andy 128
White, E. B. 21
White, Katherine 21, 88
Whitman, Walt 79
Wilson, Edmund 30
Wohmann, Gabriele 149

ÜBER DEN AUTOR

Volker Hage, 1949 in Hamburg geboren, arbeitet seit 1992 als Literaturkritiker beim «Spiegel». Zuvor war er (von 1975 bis 1986) im Literaturblatt der «Frankfurter Allgemeinen» und im «FAZ-Magazin» tätig, anschließend als verantwortlicher Literaturredakteur bei der «Zeit». Herausgeber zahlreicher Anthologien und Auswahlbände, zuletzt: «Max Frisch. Sein Leben in Bildern und Texten» (2011). Eigene Bücher u. a.: «Alles erfunden. Porträts deutscher und amerikanischer Autoren» (1988, erweitert 1995), «Auf den Spuren der Dichtung. Reisen zu berühmten Schauplätzen der Literatur» (1997), «Propheten im eigenen Land. Auf der Suche nach der deutschen Literatur» (1999), «Zeugen der Zerstörung. Die Literaten und der Luftkrieg» (2003, erweitert 2008), «Letzte Tänze, erste Schritte. Deutsche Literatur der Gegenwart» (2007, erweitert 2010), «Philip Roth» (2008), «Walter Kempowski» (2009), «Schiller» (2009), «Kritik für Leser. Vom Schreiben über Literatur» (2009). Bei Rowohlt: Monographie «Max Frisch» (1983, 2011).

QUELLENNACHWEIS DER ABBILDUNGEN

Corbis, Düsseldorf: Umschlagvorderseite (Rick Friedman), 1 und 3 (Christopher Felver), 6 (Michael Chikiris / Bettmann), 54/55 (Bettmann), 93 (Michael Brennan), 108/109 (William Philpott / Reuters), 127 (Burckhardt Rudolph / Sygma)
Privat Volker Hage: 11, 89, 141
Rowohlt Verlag: 13 (Linda Updike), 16 (Ray Charles White), 19 (John Updike), 41, 65, 69 (Michael Updike), 71, 96, Umschlagrückseite oben
Dennis Stock / Magnum / Agentur Focus, Hamburg: 22/23, 34
akg-images, Berlin: 25, 50, 91, 103
Everett Collection: 28
Rosemarie Clausen – Künstlerischer Nachlass, Hamburg: 30
Alfred A. Knopf, New York: 37, 124
Time Life Pictures / Getty Images, München: 42 (Truman Moore), 46 (Time Inc.)
dpa Picture-Alliance, Frankfurt a. M.: 58, 61 links (Everett Collection), 61 rechts (Fred Stein), 74 (Michael Probst), 79 (Alfred Hennig), 98 (Ezio Petersen), 113
Deutsches Literaturarchiv Marbach: 81 (Hans Georg Heepe)
ullstein bild, Berlin: 85 (Granger Collection), 135 (AP)
Penguin: 94
© Rick Friedman, Boston: 119, Umschlagrückseite unten
Claudia Jeczawitz: 125
© Joel Meyerowitz Courtesy Edwynn Houk Gallery, NY: 132
Edward Sorel, New York: 151